Alles BDSM

Veiling

Erika Sanders

Alles BDSM
Veiling

Erika Sanders

Alles BDSM 1

Samenvatting

Het bestaat uit de volgende romans:
Slavin
De moslimvrouw
Club-BDSM

Alles BDSM is een roman met een sterk erotisch BDSM-gehalte en op zijn beurt een nieuwe roman die behoort tot de collectie **Erotische Overheersing en Onderwerping**, een reeks romans met een hoog romantisch en erotisch BDSM-gehalte.

(Alle personages zijn 18 jaar of ouder)

Noot voor de auteur:

Erika Sanders is een internationaal bekende schrijfster, vertaald in meer dan twintig talen, die haar meest erotische geschriften, verre van haar gebruikelijke proza, ondertekent met haar meisjesnaam.

Inhoudsopgave:

Samenvatting
  Noot voor de auteur:
  Inhoudsopgave:
  ALLES BDSM VEILING ERIKA SANDERS
  SLAVIN
  Proloog:
  De slavin
  De veiling
  De nacht
  Epiloog:
  DE MOSLIM VROUW
  CLUB-BDSM
  EINDE

ALLES BDSM
VEILING
ERIKA SANDERS

SLAVIN

Proloog:

Een onderdanige echtgenote zijn heeft zijn ups en downs.

Het moeilijkste was de extra verantwoordelijkheid. Kelly was een sterke zakelijke vrouw. Ze werkte de hele dag hard als officemanager. 's Nachts of in het weekend moest ze nog werken. Een ander soort werk. Ze was seksueel onderdanig aan haar man en voorzag in al zijn behoeften. Het was een rol die ze graag omarmde.

Het mooie was het gevoel dat het haar gaf. Ze hield ervan haar man te plezieren. Het gaf Kelly troost om onderdanig aan hem te zijn, omdat hij wist hoe hij haar goed en met veel respect moest behandelen. Het gaf Kelly een veilig gevoel om in zijn slavernij te zijn. Vastgebonden aan zijn touwen. En dan waren er de orgasmes. De heerlijke orgasmes. Dat was het beste deel van een onderdanige vrouw zijn. Alle orgasmes die ze ooit zou willen.

Het gaf hun huwelijk waar mogelijk een broodnodige schok. Na een aantal jaren huwelijk was elke manier om hun liefdesleven op te fleuren altijd een goede zaak.

Toen ze zich uitkleedde uit haar kantoorkleding, droeg ze een paar zachte zijden kousen, een witte beha en slipje en een doorschijnend negligé.

Het was niet iets dat ze vaak droeg. En ze hoefde zich in huis niet zo te kleden. Het was iets dat ze voor die specifieke avond had gekozen , wat heel bijzonder was.

Rond 18.00 uur kwam Richard thuis. Hij was wat later aan het werk dan normaal dankzij een grote fusie waar zijn bedrijf aan werkte.

"Je ziet er geweldig uit," zei hij toen hij zijn vrouw zag.

Kelly was in de keuken in haar sexy kleine outfit bezig met het bereiden van een huisgemaakt diner. Er was een rij kaarsen die in de eetkamer waren opgesteld , maar nog niet waren aangestoken.

"Ik dacht dat ik iets speciaals zou doen, aangezien, weet je, vandaag een behoorlijk speciale dag voor ons is," zei ze.

"Dacht je dat ik het vergeten was?"

Haar wenkbrauw ging omhoog. "Heb jij?"

"Ons 10-jarig jubileum."

Ze glimlachte, "Je herinnerde het je."

'Dat heb ik gedaan. En ik heb ook iets voor je. Een leuke kleine verrassing.'

Hij haalde iets uit zijn zak en hield het rechtop om zijn vrouw te laten zien. Vanaf de korte afstand kon Kelly niet zien wat het was, maar het leek op een sleutelkaart of zoiets.

Kelly scherpte haar ogen en legde haar handen op haar heupen. "Nou, ga je me vertellen wat het is, of zal ik moeten raden?"

Hij stopte het terug in zijn zak. 'Ik kan je nog niet alle details geven. Maar ik weet dat je er heel blij mee zult zijn.'

"Enige tips?"

"Wat wil je?" vroeg Richard. "Wat wil je dat er met je gebeurt? Zou je geïnteresseerd zijn in een andere vrouw?"

Ze wierp een sceptische blik toe. "Is dit weer een van je spelletjes?"

"Ik meen het echt. Zou je met een andere vrouw zijn als je de kans had?"

Ze pauzeerde. "Het is iets waar ik al een tijdje in geïnteresseerd ben. Dat weet je al."

'Dan gaan we er vanavond voor zorgen', zei hij. "Ik wil dat ons 10-jarig jubileum onvergetelijk wordt. Ik meen het, vanavond wordt speciaal en anders dan alles wat we ooit eerder hebben gedaan."

Ze tuurde naar hem. "Je meent het serieus, nietwaar?"

"Ik heb kaartjes voor ons gekocht voor een heel uniek evenement. We zijn er nog nooit geweest, maar ik heb er veel goede dingen over gehoord van mensen die ik vertrouw."

"Klinkt spannend."

" Natuurlijk is het opwindend. Alles wat je wilt, zal uitkomen, seksueel gesproken. Denk na, wat wil je dat er gebeurt? Hoe wil je dat je eerste lesbische ervaring is?"

Kelly gebruikte haar levendige fantasie. "Ik zou graag willen dat er op de een of andere manier sprake is van bondage. Misschien ben ik vastgebonden en komt ze naar me toe en likt me. Zo stel ik me mijn eerste keer voor."

"Hoe zou je willen dat ze eruitziet? Eventuele voorkeuren? Je kunt hebben wat je wilt."

"Het maakt niet uit. Als ze maar lief is. Het liefst geen lesbienne. Ik zou graag hetzelfde ervaringsniveau hebben als zij, zodat we het samen een beetje kunnen verkennen. Ik denk dat dat mijn ideale scenario zou zijn."

"Je kunt de vrouw kiezen die je wilt."

"Ik kan?" zij vroeg.

"Jij kiest, en zij zal van jou zijn. Wat je maar nodig hebt."

Beide Kelly's wenkbrauwen gingen omhoog. "Oh mijn."

"Hoe zou je je voelen als ik haar neukte?"

Ze keek speels scherp. "Op zoek naar een excuus om vals te spelen?"

"Technisch gezien zou jij ook vals spelen, aangezien ze je poesje zou beffen en je zou laten klaarkomen."

" Touché ", glimlachte ze.

"Dus hoe zou je je dan voelen?"

Kelly en Richard keken elkaar speels aan. Ze waren altijd volkomen eerlijk tegen elkaar. En ze waren lang genoeg getrouwd om elkaars gedachten te kennen.

"Nu je het zegt, het klinkt behoorlijk geil. Een triootje hebben is niet iets waar ik vaak aan denk. Maar het is bij bepaalde gelegenheden wel eens door mijn hoofd gegaan, hier en daar."

"Stel je voor, je zou in bed worden vastgebonden, die andere vrouw zou je poesje beffen, dan zou ik haar neuken. Lekker hard. Misschien kun je haar daarna met je mond schoonmaken. Verleidelijk, vind je niet?"

'God, dit klinkt allemaal zo afwijkend,' zei ze met een ietwat nerveuze toon in haar stem.

"Maar word je er nat van? Dat is de grote vraag."

"Natuurlijk, denk ik. Mijn eerste lesbische orgasme gevolgd door een triootje. Dat is genoeg om elke vrouw vochtig te maken."

"Dan is het geregeld. We doen het."

Kelly trok een wenkbrauw op. "Als je zo blijft praten, laat je me over de vloer druipen en heb ik een hele rotzooi om schoon te maken."

"Dat betekent dat ik iets goed doe."

"Jij doet altijd."

Richard glimlachte, "Voor ons 10-jarig jubileum zullen je dromen uitkomen. Dit wordt een geweldige avond. Kom op, draag een mooie jurk. Ik neem je mee uit voor een lekker romantisch diner. Daarna neem ik je bent op een speciale plek. Een plek waar we nog nooit eerder zijn geweest.'

'Je hebt me nog steeds niet verteld waar we heen gaan.'

'Je komt er wel achter als we er zijn,' antwoordde Richard. 'Ik beloof je dat je tevreden zult zijn. Kleed je nu aan.'

"Ik heb de perfecte zwarte jurk voor vanavond," zei Kelly. 'Het is nieuw. Ik wilde het dolgraag dragen.'

'Na het eten draag je het niet lang meer.'

"Ik hou van je Richard. De afgelopen 10 jaar van mijn leven zijn een groot avontuur geweest, dat weet je toch?"

"Ik hou ook van jou," antwoordde hij. "En het avontuur is nog maar net begonnen."

Er was een speelse uitdrukking op Kelly's gezicht. Ze wist dat ze haar man kon vertrouwen. Hij maakte altijd de juiste keuzes voor haar. Maar de geheimhouding trok haar aandacht. Richard was nooit een geheimzinnig persoon. Maar vanavond was anders.

Kelly zette de potten en pannen weg en zette het eten terug in de koelkast, terwijl ze nog steeds gekleed was in haar schrale outfit. Ze was benieuwd naar de verrassing van haar man voor hun 10e verjaardag. Wat het ook was, het moet goed zijn geweest.

Ze had echter geen idee hoe goed de dingen zouden zijn. Het was het perfecte jubileumcadeau dat hun seksleven naar een heel nieuw niveau zou tillen.

De slavin

Erika wachtte alleen in de kamer.

Het was een soort kantoor. Een soort bibliotheek. Overal langs de muren hingen boeken. En er was een groot houten bureau. Er stond een stoel voor het bureau waar Erika later op kon gaan zitten. Er stond ook een videorecorder op een statief, tegenover haar. Het was op dit moment uitgeschakeld.

De kamer was een plaats van elegantie en verfijning.

Ze was er alleen omdat een goede vriendin die organisatie had aanbevolen. Ze kreeg te horen dat alles professioneel werd gerund, en tot nu toe leek dat het geval te zijn. Alles werd op een zakelijke manier afgehandeld.

De deur ging open en Madame kwam binnen. Ze was lang, voluptueus en ze droeg een elegante jurk. Ze had een krachtige houding over zich, wat te verwachten was van een prominente Madame.

Erik stond op.

'Bedankt voor het wachten,' zei de madame.

Ze schudden elkaar de hand.

'Geen zorgen. Ik begrijp dat je een drukke vrouw bent.'

"Ik ben altijd druk, maar ik hou van wat ik doe."

"Ik kan dat zien."

"Heb je alles naar je zin gevonden?" vroeg mevrouw. 'Ik hoop dat mijn staf u heeft geholpen.'

"Ja, heel erg, dank je."

"Geweldig. Als u het niet erg vindt, zou ik nu willen beginnen met het opnemen van deze interviewsessie," zei Madame. 'Ik heb een strak schema. Ga alsjeblieft zitten.'

Erika ging zitten terwijl Madame de videorecorder activeerde. Toen ging Madame achter het bureau zitten en maakte het zich gemakkelijk, terwijl de twee vrouwen elkaar aankeken.

'We gaan nu met het interview beginnen,' zei Madame.

Erika knikte nerveus. "Oké."

"Ik heb je CV en medische dossiers al bekeken. Alles ziet er acceptabel uit. Dit is de laatste fase van je auditie. We nemen dit graag op, zodat onze organisatie het beter voor je kan aanpassen."

"Ik begrijp."

'Noem je naam voor de camera,' beval de Madame.

"Erika Sanders."

"Leeftijd?"

" 28."

"Burgerlijke staat?"

"Getrouwd."

"Bezigheid?"

'Ik ben paralegal,' antwoordde Erika. "Ik help advocaten zaken voor te bereiden, cliënten te interviewen, onderzoek te doen, dat soort dingen."

"Hoe zou je je uiterlijk omschrijven?"

Erika dacht even na. "Ik heb schouderlang haar. Licht golvend. Kastanjebruine kleur, die een beetje bruinachtig is. Gemiddeld postuur. Er is mij verteld dat ik aantrekkelijk ben."

"Bent u het eens?" vroeg mevrouw.

"Als dat is wat mensen denken, dan is dat hun mening."

'Ik vraag je mening. Ben je het ermee eens dat je aantrekkelijk bent?'

"Ik denk van wel. Ik ben zeker niet supermodel aantrekkelijk, maar ik ben in orde met mijn uiterlijk."

"Wat is je beste gezichtskenmerk?"

'Waarschijnlijk mijn ogen. Ze zijn donkerblauw. Ik vind ze mooi.'

'Ik zou het ermee eens moeten zijn,' merkte de Madame op. "Doordringende blauwe ogen. Een schattig neusje. En mooie lippen. Je hebt een heel mooi gezicht."

"Bedankt."

"En je lichaam? Hoe zou je je lichaam omschrijven?"

"Mijn verhoudingen zijn redelijk gemiddeld. Ik blijf in vorm door in het weekend te hardlopen en doordeweeks aan yoga te doen."

"Hoe zou je je borsten omschrijven?"

Erika dacht even na. "Het zijn kleine handjesvol. Stevig. Enigszins naar boven gericht. Ze hebben de vorm van peren. Mijn tepelhoven zijn lichtroze. Ik heb roze tepels die uitsteken."

"Zijn je tepels gevoelig?"

"Erg."

"Speel je met je tepels als je masturbeert?"

'Soms,' erkende Erika.

"En je benen en billen? Hoe zou je die omschrijven?"

'Redelijk afgezwakt,' antwoordde Erika, met een zweem van trots in haar stem. "Het komt door al het sporten dat ik in mijn vrije tijd doe."

"Vertel me nu eens over je seksuele ervaring. Heb je veel partners gehad?"

"Niet echt," antwoordde Erika. "Minder dan 7, in mijn hele leven. Ik ben meer een relatietype dan iemand die op zoek gaat naar one night stands."

Madame glimlachte, "En toch ben je hier, avontuurlijk bezig."

'Ik weet het,' bloosde Erika.

"Zou je jezelf omschrijven als seksueel avontuurlijk?"

"Niet precies."

"Wat brengt je hier dan?"

"De ervaring," antwoordde Erika. "Ik zou graag iets nieuws willen ervaren, alleen voor mezelf. Het is moeilijk uit te leggen, maar ik wil graag mijn seksualiteit verkennen terwijl ik nog jong ben. Dat hoor je vast vaak."

'De hele tijd,' beaamde Madame. "Dus, vind je het leuk om met nieuwe dingen te experimenteren?"

'Natuurlijk, soms. Wie niet?'

"Vind je het leuk om met anaal te experimenteren?"

"Ik heb het gedaan met een paar van mijn vroegere partners. Niet de hele tijd, maar af en toe is het leuk."

"Trio's?" vroeg mevrouw.

"Nee."

"Zou je openstaan voor de mogelijkheid?"

"Ik zou ervoor openstaan. Ik zou het niet erg vinden als het met de juiste mensen was. Vooral als ik, weet je, de onderdanige van de groep was. Ik zou niet weten wat ik anders zou moeten doen."

"Hoe zit het met slavernij?"

"Ik heb ervaring met lichte bondage. Niets extreems of hardcore. Gewoon zelfgemaakte dingen, met dingen in huis, dat soort dingen. Ook niets pijnlijks."

"Was je bondage-ervaring bevredigend?"

"Het was oké," antwoordde Erika naar waarheid. "Ik heb er niet veel ervaring mee. Mijn voormalige partners ook niet. Het was een beetje spelen met een leuke kleine fantasie."

"Bondage is een kunst. Niet veel mensen zijn er goed in."

"Daar ben ik het mee eens."

'Hoe zit het met lesbische ontmoetingen,' vroeg de Madame. "Ben je ooit eerder met een vrouw geweest?"

"Ik heb op de universiteit een paar lesbische ervaringen gehad met een kamergenoot. Sindsdien niets meer."

"Heb je ervan genoten? Denk je er nog aan?"

Erika glimlachte, "Ja en ja."

"Denk je dat je goed bent in poesjes eten?"

"Er is mij verteld dat ik dat ben."

"Alles bij elkaar genomen, denk ik dat je geweldig zou zijn met koppels. Je hebt zo'n natuurlijke vonk over je, je bent nieuwsgierig, ruimdenkend en je swingt beide kanten op als dat nodig is."

"Ik heb er nog nooit aan gedacht om met een stel samen te zijn," antwoordde Erika. 'Maar het klinkt haalbaar. Ik denk dat ik daar wel klaar voor ben.'

De mevrouw knikte. 'Je bent een heel aantrekkelijke vrouw Erika, met een geweldige persoonlijkheid. We zijn blij dat je hier bent.'

"Bedankt."

'Dat brengt ons bij de laatste drie vragen. De belangrijkste vragen. Ten eerste, hoe onderdanig ben je? Vertel me over je onderdanige kant.'

Erika verzamelde haar gedachten. "Sinds ik een seksueel persoon werd, wist ik dat ik onderdanig was. Misschien begreep ik het niet meteen, maar ik wist wat ik leuk vond. Ik geniet ervan om gecontroleerd en 'begrepen' te worden in de slaapkamer."

"Waarom?"

"Er zit een vrijheid in loslaten. Als mij wordt verteld wat ik moet doen, of als ik gebonden ben, is alle controle verloren. Voor mij zit daar een vrijheid in. Alles is uit mijn handen. Ik voel me veilig en warm. En ik hou van het gevoel het middelpunt van de seksuele aandacht te zijn. Mijn lichaam wordt aanbeden en gebruikt door mijn partner."

Er hing een seksuele spanning in de lucht. Het was rauwe emotie. Erika was aan het loslaten tijdens het opgenomen interview. En Madame genoot van elke seconde dat ze Erika's kwetsbare kant zag.

'Nu de tweede vraag,' zei Madame. "Ben je klaar om een slaaf te worden?"

"Ik ben."

"Waarom?"

"Ik neem bevelen goed op. Ik vind het leuk om te horen wat ik moet doen en hoe ik het moet doen. Zelfs met mijn werk ben ik erg punctueel met alle bevelen van mijn baas. Ik kan lichte pijn aan. Zolang het niet te pijnlijk is , Ik zal ervan genieten. Het hoort allemaal bij een goede onderdanige zijn, toch?"

'Je hebt gelijk,' beaamde de Madame. "Nu de derde en laatste vraag. Waarom wil je voor een nacht geveild worden?"

"Het is de ultieme onderdanige fantasie. Weet je, er op mijn best uitzien, bewonderd worden en dan gekocht worden door een volslagen vreemde. Ik hou van het idee om seksueel gebruikt te worden door iemand die ik nog nooit heb ontmoet. Het is erg taboe."

"Denk je dat je de druk aankunt?"

"Ik denk het wel," antwoordde Erika.

"Hoe weet je dat?"

"Omdat ik denk dat ik er goed vanaf zal komen. Het is moeilijk uit te leggen. Maar ik weet dat ik ervan zal genieten. Ik zal zeker zenuwachtig zijn, maar ik zou het aankunnen."

De Madame glimlachte en stond vriendelijk op. Ze tilde de videorecorder van het statief en hield hem in haar hand. Toen liep ze naar Erika toe en ging voor haar staan.

'We zijn klaar met de vragen,' zei de Madame, terwijl ze de camera op Erika richtte. "Het laatste deel van het proces is om te kijken of je daadwerkelijk onder druk kunt presteren."

"Oké."

Terwijl ze de camera nog steeds naar beneden richtte, tilde Madame het onderste deel van haar jurk op en ontblootte haar blote vagina.

"Nu, optreden voor de camera," zei de Madame. "Imponeer mij."

Zonder aarzelen leunde Erika naar voren en drukte haar lippen op de blote huid van Madame.

***

De training was heel informeel.

Als Erika extra tijd vrij had van haar werk, bezocht ze de Madame op dezelfde plek waar ze het interview deed.

Daar werd ze geschoold in de kunst om een echte gehoorzame slaaf te zijn.

'Je hebt nog veel te leren,' zei madame. "Gelukkig ben je een van nature begaafde onderdanige. Je trainen zal gemakkelijk zijn."

En mevrouw had gelijk.

Erika was een natuurtalent. Ze was verzorgd in de kunst van goed onderdanig gedrag en goede manieren. Ze leerde de fijne kneepjes van het geven van orale seks. En ze leerde de juiste manier om te ontspannen als ze vastgebonden was.

Terwijl Erika haar normale leven leidde, zat de veiling altijd in haar achterhoofd. Toen ze als paralegal werkte, tijd doorbracht met haar man, moeder en zussen, of met haar vrienden naar coffeeshops ging, kon ze niet nalaten na te denken over de beslissing die ze had genomen.

Een deel van haar voelde dat ze gek was omdat ze zoiets deed. Een ander deel van haar wist dat het precies was wat ze wilde. De Madame had tenslotte een zeer professionele operatie en alles was veilig.

Maar als ze het niet deed, wist ze dat ze er altijd spijt van zou krijgen.

Erika was in de bloei van haar leven. Ze was een volwassen vrouw. En ze had ervoor gekozen om een beslissing te nemen die haar voor altijd zou beïnvloeden.

De veiling

Het was de avond van de grote veiling.

Ze zat in een kleine privékamer terwijl een visagiste haar uiterlijk verzorgde. Het was een kort proces en toen het klaar was, opende Erika haar ogen om te zien dat ze was voorbereid als een Hollywood-actrice die klaar is voor een grote première. Perfect in elk opzicht. Haar haar was ook mooi gedaan.

De visagiste verliet de kamer en Erika stond voor een kleine kledingkast te beslissen wat ze aan zou trekken.

Na even nadenken, koos ze voor een doorzichtige zwarte beha en slipje. Ze droeg de kleine outfit en bekeek zichzelf in de spiegel. Toen kwamen de hoge hakken aan haar voeten en ze bekeek zichzelf nog eens.

Erika kon haar spiegelbeeld nauwelijks herkennen.

Weg was de opgeleide juridisch assistent. Weg was het buurmeisje. Weg was de echte jonge vrouw.

Daar stond Erika, de slavin, compleet met glamoureuze make-up, goed opgestoken haar en een beha die dun genoeg was om de kleur van haar tepels te onthullen.

Terwijl ze naar haar spiegelbeeld keek, vroeg ze zich af wie haar koper zou zijn. Zou het een man zijn? Een vrouw misschien? Zou de persoon zachtaardig of ruw zijn?

God, ze hoopte dat de persoon zachtaardig zou zijn. Erika was een vrouw die graag haar onderdanigheid met liefde en zorg behandelde. Ze was een aanhankelijke onderdanige. Dat was het soort waar ze van hield. Ze wilde een bedachtzame dominante. Hoe dan ook, ze was bereid de uitkomst te aanvaarden. Ze was een volwassen vrouw die ervoor koos om daar te zijn.

Het was tenslotte haar grote fantasie.

Er werd geklopt op de deur.

'Kom binnen,' zei Erika.

De deur ging open en Madame kwam binnen, gekleed in een mooie lange rode jurk. Ook haar make-up was mooi gedaan. De ogen van de Madame keken van boven naar beneden over de onderdanige, tevreden met wat ze zag.

"Prachtig als altijd," complimenteerde Madame terwijl ze de deur sloot.

"Bedankt."

Madame hield een zwarte halsband vast en meteen wist Erika waar die voor was. Maar Madame had het niet over de halsband, nog niet in ieder geval.

"Hoe voel je je?" vroeg mevrouw. "Helemaal zenuwachtig?"

"Een beetje. Gedeeltelijk opgewonden."

"Ik kan je verzekeren, dat is een heel normaal gevoel voor een vrouw in jouw positie. Het is kerngezond."

" Nou , ik ben blij dat te horen."

'Het ga je goed,' verzekerde Madame. 'Mentaal ben je op de juiste plek. En we hebben zoveel geweldige mensen die vanavond een slaaf willen kopen. Je bent in goede handen.'

Erika glimlachte, "Ik ben erg blij om het te horen."

"Wat is je grootste hoop voor de nacht?"

"Om de anonieme vreemdeling me tot het uiterste te laten drijven. Ik zou graag willen verkennen. Ik bedoel, dat is het doel van dit alles, toch?"

De Madame knikte en glimlachte lichtjes. " Ja, dat is het . En ik kan je beloven dat aan je verlangen om gepusht te worden zal worden voldaan. Zie je, de klanten die hier komen om slaven te kopen zijn zeer ervaren. Ze weten precies wat ze doen. Dus jouw onderdanige kant zal zijn blij als de nacht voorbij is."

'Je maakt me nog nerveuzer, maar op een goede manier.'

"Wees niet zenuwachtig," antwoordde de Madame vriendelijk. "Vertel me eens, wat is je grootste angst?"

'Dat degene die mij koopt onaardig zal zijn. Je weet wel, dat soort dingen. Ik hou niet van pijn, in ieder geval niet van de slechte soort.'

De Madame glimlachte, "Ik kan u verzekeren dat dat niet zal gebeuren. Al onze leden en klanten zullen u met de grootste zorg behandelen."

'Dat heb ik gehoord. En dat is een deel van de reden waarom ik heb besloten hier slaaf te worden.'

'Daarover gesproken, het is bijna zover. Je kunt hier wachten als je wilt, of achter het podium. Mijn assistenten zullen je naar het podium begeleiden als je aan de beurt bent.'

Erika haalde diep adem. "De vlinders in mijn buik. Mijn god. Ik ben zenuwachtig. Maar ik ben er klaar voor.'

De Madame wreef over de schouders van de getrainde slaaf. Het gebeurde op een moederlijke en liefdevolle manier.

'Je bent een sterke vrouw. Je kunt dit.'

"Ik weet dat ik het kan. Ik ben eigenlijk heel opgewonden."

"Uitstekend," glimlachte de Madame. "Nu, een laatste ding."

Madame hield met haar vinger een zwart halsbandje omhoog en draaide het speels rond. Erika wist precies wat ze moest doen en ze tilde haar haar op zodat haar nek zichtbaar was.

Madame wikkelde de halsband om Erika's nek terwijl ze naar de spiegel keken. Het was een halsband met de zilveren letters SLAVE op het voorste deel van de nek.

Erika bleef haar haar opsteken terwijl ze naar haar spiegelbeeld in de spiegel staarde, terwijl Madame een riem aan de achterkant van de halsband vastmaakte.

En alles was compleet. Erika was in volledige slavenkleding, klaar om te worden geveild aan de hoogste bieder.

'Je ziet er prachtig uit,' fluisterde Madame in haar oor. "Ik ben een beetje verdrietig dat ik je vanavond niet kan zien neuken. Maar ik weet dat het een geweldige ervaring voor je zal zijn. De veiling begint binnenkort."

De Madame gaf de slaaf een kus op de wang en verliet toen de kamer.

***

De meeste mensen hebben wel een idee van hoe een veiling eruit ziet. Als mensen aan veilingen denken, denken ze aan een man die snel praat op het podium en deelnemers die hun hand opsteken om te bieden op welk item dan ook dat te koop is.

Dit was vergelijkbaar. Maar ook heel anders.

Erika stond backstage in haar kleine doorschijnende kleding en zwarte kraag en luisterde terwijl Madame de veiling leidde.

Elke slaaf werd met zorg verkocht en behandeld alsof het kostbare bezittingen waren, alsof het de grootste schatten ter wereld waren. Luisteren naar de veiling deed haar hart bonzen en haar poesje nat worden.

Eindelijk was het haar beurt.

'Dames en heren,' zei de Madame tegen het publiek. "Vervolgens hebben we een heel speciale traktatie. Ze is nieuw in de slavenervaring. Maar ze is ook erg voorbereid. Verwelkom alsjeblieft, de mooie Erika."

Het kleine publiek gaf een licht applaus terwijl Erika nog steeds backstage was. Twee schaars geklede vrouwen kwamen op Erika af en pakten haar bij de riem. De vrouwen zeiden geen woord.

Erika werd naar het midden van het podium geleid. Toen Erika midden op het podium in de schijnwerpers stond, stonden de vrouwen naast haar, samen met de Madame die in een microfoon sprak.

Hoewel ze haar best deed om een echte dameachtige kalmte te bewaren, bonsde haar hart als een bezetene. Het was een donkere kamer. Maar ze zag de menigte vaag. Er moeten minstens 50 mensen zijn geweest. Ze zag dat ze allemaal extravagant gekleed waren.

De mannen droegen mooie pakken. De weinige vrouwen in de kamer droegen mooie jurken. Het was een stijlvolle aangelegenheid en ze waren er allemaal voor seks.

'Dit is de mooie Erika', zei de Madame. "Overdag is ze een professionele carrièrevrouw en werkt ze als juridisch assistent. Haar fantasie is echter om behandeld te worden als de goede slaaf waarvoor ze geboren is. Ze is in alle opzichten onderdanig. En geloof me, ik heb heb dat zelf ontdekt."

De Madame knipte met haar vingers en de vrouwen op het podium verwijderden Erika's beha, waardoor haar borsten onbedekt bleven. Toen trokken de vrouwen Erika's slipje naar beneden.

Oh god, Erika voelde haar kutje trillen. Ze was de enige naakte persoon in de kamer vol goedgeklede mensen. Alle ogen waren op haar gericht. De felle schijnwerper was gericht op haar naakte lichaam.

De madame vervolgde. "Zoals je kunt zien, is ze fysiek perfect. Als 28-jarige yogabeoefenaar is ze in de bloei van haar leven. Borsten in de vorm van rijpe peren. Uitpuilende roze tepels die gevoelig zijn en gemaakt om op te zuigen. gemaakt om te worden vastgegrepen terwijl ze wordt genomen. Een flexibel lichaam, gemaakt om in elke vorm te worden gebogen terwijl ze wordt verkracht. Een mond die gemaakt is om te zuigen. Een kont gemaakt voor anale seks. En een poesje dat gemaakt is om te verdragen."

De ogen in de kamer staarden naar Erika's naakte lichaam.

De Madame vervolgde: "De slaaf die u ziet is zeer bedreven in de kunst van orale seks. Vooral in de kunst van vrouwelijke bevrediging. Ik kan u dit uit eigen ervaring vertellen. Ze is ook bedreven in mannelijke bevrediging. Dat maakt haar perfect voor getrouwde stellen."

Erika stond stil en haar ogen onderzoeken de kamer. Hoewel de kamer donker was, kon ze nog steeds de vage uitdrukkingen van de mensen in de kamer zien, ze zien kwijlen bij de gedachte dat ze haar in handen zouden krijgen.

Madame vervolgde: "Hoewel ze van lichte gebondenheid houdt, is ze een delicaat katje en moet ze met de grootst mogelijke vriendelijkheid en respect worden behandeld. Ze is tenslotte een heel speciaal meisje."

Diep van binnen was het alles waar Erika op had gehoopt. Het was veel angstaanjagender dan verwacht, maar ze kreeg de vreemde, exhibitionistische sensatie waar ze die avond naar op zoek was.

"Het startbod is $5.000 voor deze slaaf," zei Madame.

Plots lichtten de lichten in de kamer een beetje op en was het niet meer zo donker. Erika had een beter zicht op het publiek en werd er alleen maar zenuwachtiger van. Ze kon de gezichten van de mensen in de kamer zien. Het was veel enger. En het was ook veel opwindender.

Toen de biedingen binnenkwamen, kon Erika nauwelijks iets horen. Haar gedachten tollen. Het was een enorme drukte. Ze kon nauwelijks horen, maar ze kon de handen omhoog zien gaan, in wat leek op slow motion, terwijl de mensen in de kamer boden op Erika's lichaam en seksuele diensten.

Erika werd uit de trance gehaald toen ze de volgende woorden hoorde.

"Verkocht! Aan gast nummer 38, voor $ 15.000."

Dat was het moment waarop Erika terugkwam in de realiteit.

***

Toen de veiling voorbij was, stonden de slaven braaf in een ordelijke rij, gekleed in hun kleine outfits, achter het podium. Ze waren allemaal voorzien van een halsband en klaar om naar hun nieuwe eigenaren te worden gestuurd.

Erika genoot van het gevoel verkocht te zijn. Ze wilde haar nieuwe meester ontmoeten. Het was spannend. Ze hoopte dat hij een aardige vent zou zijn. Ze wenste met heel haar hart dat het een onvergetelijke ervaring zou worden. Ze vroeg zich af wat voor fetisjen haar nieuwe baasje had. Misschien wilde hij gewoon neuken? Daar is niets mis mee.

Het maakte allemaal deel uit van de ervaring van verkocht worden. De nieuwsgierigheid deed haar geest tollen en haar poesje nat maken.

De Madame kwam en feliciteerde alle slaven persoonlijk. Toen verzekerde ze hen dat de nacht nog maar net was begonnen.

Ze overhandigde elke slaaf een stuk papier, daarna werden ze weggeleid door schaars geklede vrouwen.

Daarna was het de beurt aan Erika.

'Je bent een heel gelukkig katje vanavond,' zei Madame.

Ze gaf Erika een klein stukje papier met het nummer 930 erop. Het was het kamernummer waar haar baasje zou zijn.

"Bedankt."

'Uw nieuwe baasje heeft iets speciaals voor u,' zei madame. "Ben je klaar?"

"Ik ben."

"Dat hoor ik graag. Het ga je goed. Vertrouw op je instinct en geniet van je eerste slavenervaring. De onderdanige in jou krijgt het plezier dat het verdient. Oké?"

Daarmee leunde Madame naar voren en gaf Erika een zachte kus op de lippen. Toen de kus voorbij was, keken ze elkaar in de ogen en werd Erika weggeleid aan de riem die aan haar halsband was vastgemaakt.

De nacht

De twee schaars geklede vrouwen brachten Erika naar de lift en vervolgens naar de kamer. Geen van hen sprak een woord. De vrouwen spraken niet. En Erika was te nerveus om iets te zeggen.

Erika droeg nog steeds alleen haar doorschijnende topje en slipje. En ze werd geleid door de riem aan haar halsband.

Toen ze eenmaal in de kamer waren aangekomen, klopte de vrouw op de deur en deed open.

Erika werd de kamer binnengeleid waar ze bij de ingang stond met een perfecte dameshouding, zoals een goede slaaf hoort te staan, en de twee vrouwen vertrokken en sloten de deur.

Ze bleef alleen achter met haar koper.

De kamer zelf zag eruit als een chique hotelkamer. Het was netjes, heel schoon en had een stijlvolle uitstraling. Slechts enkele lichten brandden. De kamer was een mengeling van licht en duisternis.

Op de stoel zat daar een man. Hij was gekleed in een strak pak en zijn gezicht was gedeeltelijk bedekt met duisternis. Door het zwakke licht dacht Erika dat de man in de dertig of begin veertig moest zijn. Er leken geen uitdrukkingen op zijn gezicht te zijn.

Er lag een mooie zwarte jurk netjes op een tafel.

Op het bed lag een naakte vrouw. Haar polsen vastgebonden aan de bedstijlen. Haar enkels waren uit elkaar gebonden aan de onderste bedstijlen en ze bevond zich in een gespreide arendspositie. Er zat een blinddoek voor haar ogen. En een rode balknevel in haar mond.

Erika voelde haar adrenaline terugkeren bij de surrealistische aanblik. Ze wist door de aanblik van dingen dat ze in handen was van een professionele dom. Niet een of andere amateur. Niet iemand die aan het experimenteren is. Maar een echte vakman.

'Kleed je uit,' zei de man nonchalant. 'Je hakken ook. Maar laat je halsband om. Ik geniet van de lijn.'

"Ja meneer."

Erik gehoorzaamde. Ze trok haar topje uit om haar peervormige borsten te onthullen. Ze verwijderde haar billen, haar gespierde atletische benen tentoongesteld, samen met haar gladgeschoren kruis. En ze deed haar hakken uit.

Binnen die korte momenten stond Erika volledig bloot voor haar nieuwe baasje. Ze was volledig naakt behalve de SLAVE halsband om haar nek, met de riem nog naar beneden.

Ze was niet meer zenuwachtig. Nadat ze naakt op het podium stond in een kamer vol mensen, kon ze op dit moment alles aan.

'Mijn naam is Richard,' zei de man. "De naakte vrouw die je op het bed ziet, is Kelly."

"Hallo Richard," antwoordde ze, in een poging hartelijk te klinken. "Ik ben Erik."

'Welkom, Erika. Je moet verrast zijn.'

"Waarom?"

"Dat ik je heb gekocht, terwijl mijn vrouw naakt op het bed ligt vastgebonden."

Dus de vastgebonden naakte vrouw in bed was de vrouw van Richard. Erika was oprecht verrast, maar op een goede manier. Ze had die avond een open geest en was op alles voorbereid.

"Het is zeker onorthodox," antwoordde Erika. "Maar we hebben allemaal onze fantasieën in het leven. En ik ben niet iemand om te oordelen."

"Niet als je een riem om je nek hebt."

"Ja."

'Ik heb om een paar redenen voor jou gekozen,' zei Richard. 'Ten eerste ben je erg mooi. Ten tweede ben je hier nieuw in. Ten derde vindt mijn vrouw je leuk. Ten vierde ben je blijkbaar erg goed in het behagen van andere vrouwen.'

Erik knikte. "Er is mij verteld dat ik dat talent heb."

"Goed, want mijn vrouw heeft nog nooit het genoegen gehad van vrouwelijke bevrediging. Ze is wel geïnteresseerd."

Erika keek naar de naakte vrouw die was vastgebonden, geblinddoekt en gekneveld.

"Ik weet zeker dat ze een aardig persoon is."

'En ook heel onderdanig,' voegde Richard eraan toe. "Zie je, zoals je al eerder zei, mijn vrouw en ik hebben een heel onorthodox huwelijk. Ik ben haar echtgenoot. En ik ben ook haar dom. Zij is mijn vrouw. En ze is ook mijn onderdanige. We houden zielsveel van elkaar En we zorgen voor elkaars behoeften."

"Ik begrijp het, meneer."

"Alsjeblieft, noem me Richard."

"Ok Richard."

Hij vervolgde: "Vandaag is een heel speciale dag. Het is ons 10-jarig jubileum. Het is gewoon niet genoeg om haar thuis vast te binden en te laten klaarkomen. Nee. Een dag als vandaag moet speciaal zijn. Daarom heb ik haar hierheen gebracht En daarom heb ik je gekocht als mijn slaaf voor de nacht.'

De fantasie was tot leven gekomen. Erika voelde haar zenuwen wegtrekken en haar poesje natter worden. God, ze was hier klaar voor.

"Ik zou graag helpen op welke manier dan ook."

'Heb je ooit een getrouwd stel vermaakt?'

"Nee."

"Een triootje?"

Erik schudde haar hoofd. "Nee."

'Je bent niet erg ervaren, hè?'

'Nee, mijn excuses. Ik heb Madame duidelijk gemaakt dat ik nieuw ben in deze wereld. Dus vergeef me als ik niet in orde ben. Maar ik beloof dat ik mijn best zal doen.'

"Verontschuldig je niet," antwoordde hij. "Ik heb ook nog nooit een trio gehad. En ik heb nog nooit eerder een andere partner aan Kelly voorgesteld. Daarom ben jij hier perfect voor. We kunnen dit samen verkennen."

Erik knikte. "Ik zou dat leuk vinden."

"Zou je? Zou je het poesje van mijn vrouw willen proeven terwijl ik je van achteren verkracht?"

"Ja."

"Wil je beginnen?"

Erik knikte. "Ja."

"Welnu, slavin, het poesje van mijn vrouw staat wijd open. Ik weet zeker dat ze nu al druipnat is. Waarom ga je niet even proeven?"

"Bedankt."

Erika benaderde de vastgebonden en hulpeloze vrouw op het bed. Hoe dichterbij ze kwam, hoe duidelijker ze de naakte delen van de vrouw zag. In de halfverlichte kamer zag Erika de bruine tepels en het gladgeschoren vaginale gebied van de vrouw.

Het was een surrealistisch moment en Erika stond op het punt orale seks te hebben met een vrouw die ze nog nooit eerder had ontmoet. Een vrouw die was vastgebonden en geblinddoekt. Een vrouw die niet eens kon praten omdat er een prop in haar mond zat.

En het was niet zomaar een vrouw. Het was Kelly, de vrouw van de eigenaar.

Erika nam plaats op het bed, tussen Kelly's benen. Ze vroeg zich af wat Kelly moet hebben gedacht, of ze dit leuk vond of niet. Ze vroeg zich af of dit echt Kelly's fantasie was.

gespreide adelaarspoesje van dichterbij bekeek . Van binnen was het poesje nat. Vloeistoffen glinsterden. Het was geen rocket science om vast te stellen dat Kelly erg opgewonden was. Er bestond geen twijfel over.

Erika wreef over Kelly's dijen en naderde het midden. Toen boog ze zich voorover en gaf het poesje een lekkere kus. Het deed Kelly rillen. Na nog een likje, leken Kelly's benen te trillen. Erika likte op en neer als een goede slaaf.

'Vertel mijn vrouw hoe ze smaakt,' zei Richard.

"Ze smaakt geweldig."

"Zeg het tegen mijn vrouw."

Erika keek omhoog naar de geblinddoekte en geknevelde vrouw. "Je proeft geweldig Kelly, echt waar. Ik hou absoluut van je smaak. Ik ben er dol op. Ik hou van de smaak van je poesje op mijn tong."

Er kwam een jankend geluid uit Kelly, maar het werd gedempt door de balknevel in haar mond.

'Goed gezegd,' prees Richard. "Ga nu door met likken. Laat haar klaarkomen."

Erika vervolgde haar werk en richtte haar orale aandacht op het natte poesje. Al die tijd bleef de vastgebonden vrouw kreunen met de prop in haar mond en kronkelend in bed.

Terwijl Erika's tong diep in het poesje werd begraven, behendig op en neer likkend, vroeg ze zich af over de vrouw die ze behaagde. Ze vroeg zich af hoe Kelly was in haar gewone leven, wat ze deed voor de kost, welke hobby's ze had, wat voor soort voedsel ze graag at, naar welke tv-programma's ze graag keek.

De nieuwsgierigheid maakte de seksuele toonbank alleen maar zo veel heter. Misschien zou Erika alle antwoorden ontdekken als ze konden praten en op een dag vrienden zouden worden. Of misschien zouden ze nooit met elkaar praten, ooit. Wie weet?

Maar het enige dat er op dat moment toe deed, was Kelly's poesje bevredigen. Dat was Erika's enige baan tot nu toe.

Op het werk nam Erika de bevelen altijd goed op en ze voerde ze altijd uit. Haar baas was Richard en ze had de opdracht gekregen zijn vrouw te laten klaarkomen.

Haar tong bleef op en neer strelen. Haar lippen bleven tegen het poesje gedrukt. En af en toe gaf ze het poesje een lekkere zuigbeurt en slurpte ze van de natuurlijke sappen.

Elke actie gaf Kelly een gelijke reactie terwijl ze vastgebonden op het bed lag. De vrouw trok aan de touwen die haar polsen bonden. En ze trok aan de touwen die haar enkels bonden. Haar kreunende geluiden werden gedempt door de rode knevel in haar mond.

Erika werkte harder toen ze wist dat haar orale techniek werkte en het gewenste effect bereikte.

'Haar tenen wiebelen,' zei Richard. "Dat betekent dat ze bijna een orgasme bereikt."

Toen werkte Erika nog harder. Ze likte harder en sneller. Ze perste haar lippen op elkaar en zoog met toenemende intensiteit.

Kelly kronkelde hard en rukte aan de touwen die haar vasthielden. Ze kreunde hard, maar het werd onderdrukt door de balknevel.

'Slik door,' zei Richard tegen de slaaf. "Mijn vrouw is een spuiter. Ik moet je waarschuwen. En ik wil dat je het doorslikt als dat goed is."

"Mmm hmm" bevestigt de slaaf.

En ja hoor, het orgasme kwam, en het kwam op spectaculaire wijze. Erika ging door met zuigen en likken, en Kelly had een krachtig orgasme.

Een stroom vloeistof gutste uit Kelly's poesje en in Erika's mond. Het kwam in verschillende spurts en Erika's mond was meedogenloos in slikken. Kelly's lichaam schokte en kronkelde terwijl Erika haar orale magie bleef uitoefenen met haar goed getrainde mond.

Toen het klaar was, kwam er geen vloeistof meer uit en bleef Kelly's lichaam stil terwijl ze zwaar door haar neus ademde.

Erika zat rechtop met poesjesvocht over haar mond, als een verse laag natte make-up.

'Bravo,' zei Richard nonchalant. "Je hebt geweldig werk geleverd."

"Dank u meneer ."

" Vertel me eens , hoe smaakt mijn vrouw ?"

"Heerlijk, meneer."

"Erika, mijn slavin, ik ga je nu neuken. En ik ga je in je kont neuken."

Ze slikte. "Ja meester."

"We gaan het niet in een normale houding doen. Begrijp je dat? Dit wordt iets anders. Iets wat je nog nooit eerder hebt gedaan."

"Mijn geest en lichaam staan open voor jou."

Richard knikte tevreden. 'Ga op handen en voeten zitten. Ga boven mijn vrouw staan. Je gaat haar in de ogen kijken.'

Ze slikte opnieuw. "Ja meester."

Erika ging op handen en voeten zitten en positioneerde zich over de naakte vrouw die ze zojuist een intens lesbisch orgasme had gegeven. Niet zomaar een vrouw. Maar de vrouw van haar nieuwe baasje voor die nacht.

Toen ze in positie was, was ze slechts enkele centimeters verwijderd van Kelly's gezicht. Zelfs met de blinddoek en de knevel kon Erika zien dat Kelly erg mooie gelaatstrekken had, en ze vroeg zich af hoe Kelly eruitzag zonder de bondage.

Toen ze de positie aannam, hoorde ze Richard opstaan en zijn kleren uittrekken. Ze keek hem niet aan. Ze bleef gewoon in positie, op handen en voeten, recht boven de vastgebonden vrouw.

"Mijn vrouw is een geweldige vrouw," zei Richard tegen de slaaf.

Op dat moment hoorde Erika het geluid van een dop van een fles die werd geopend. Ze wist meteen dat het smering was. Haar vermoeden werd bevestigd toen ze Richards vinger, bedekt met glijmiddel, tegen haar anus voelde drukken.

De gesmeerde vinger werd in Erika's kont geduwd.

Hij vervolgde: "Kelly is al 10 jaar mijn onderdanige vrouw. Loyaal en kostbaar in elk opzicht. Vanavond is iets nieuws voor ons."

De vinger bewoog heen en weer en bedekte Erika's rectale wanden.

op dit moment niet praten of zien, ik kan zien dat ze ervan hield. Haar lichaamsreacties zijn gemakkelijk te lezen. De manier waarop haar tenen krulden en haar benen beefden, betekent dat ze een intens orgasme had. Het vocht uit haar poesje bevestigde het alleen maar."

Richards vinger trok weg. Daarna drukte hij het puntje van zijn erectie tegen Erika's kleine anus.

Hij voegde toe. 'Wil je haar zien? Wil je haar kussen?'

"Ja meneer," knikte Erika. "Ik zou."

"Waarom?"

"We hebben samen een bijzondere ervaring gedeeld. En ik vind haar mooi."

'Ze is prachtig,' zei Richard. 'Ga je gang, kijk zelf maar. Doe de blinddoek af. Haal de prop uit haar mond.'

Erika verplicht. Ze deed voorzichtig de blinddoek af en plotseling maakten de twee vrouwen oogcontact. Erika keek de vrouw in de ogen. En Kelly, zag de vrouw die net haar poesje had gebeft en haar een lesbisch orgasme had gegeven.

Toen verwijderde Erika de rode balknevel en plotseling kwam Kelly's mond vrij, snakkend naar adem.

Erika was blij om eindelijk het gezicht van de mooie vrouw te zien. En ze vroeg zich af hoe Kelly's stem klonk, of dat ze echt iets tegen elkaar zouden zeggen.

Maar het gebeurde niet, nog niet.

Richard duwde zijn pik in Erika's kont, en de slaaf liet een klein gilgeluid horen. De pik ging dieper, en Erika's ogen werden groot en haar mond ging open, terwijl ze Kelly nog steeds in de ogen keek.

"Hou je van mijn vrouw?" vroeg Richard, met zijn pik diep in de kont van de slaaf begraven.

"Ja... meneer. Heel erg."

Hij trok zich terug en duwde toen, waardoor Erika naar adem snakte.

"Wil je haar kussen?" hij vroeg.

"...oh... ja meneer."

'Doe het dan. Ze heeft zelfs nog nooit een meisje gezoend. Jij zult haar eerste zijn.'

Erika bukte zich en kuste de ingetogen vrouw, terwijl een pik haar kontje begon te verwennen. Het was officieel Erika's eerste trio. Op dat moment voelde ze hoe haar kont werd gestimuleerd door Richard's harde pik, en haar lippen werden gestimuleerd door de zachtheid van Kelly's mond.

Het neuken ging door en Erika voelde haar kontje eraan wennen dat de lul haar neukte. In al haar jaren van anale ervaring was het nog nooit zo ruw gedaan. Ze was gewend aan zachte anale seks. Maar vanavond was niet de nacht voor zachte seks. Vanavond was ze een slaaf. En ze was een slaaf wiens eigenaar haar hard in de kont wilde neuken.

Terwijl het neuken aanhield, bleef Erika Kelly op de mond kussen. Het werd een slordige natte tongzoen. Erika hield van het gevoel. En ze hield vooral van het feit dat Kelly nog nooit eerder een vrouw had gekust. Er was een erotische opwinding bij het nemen van Kelly's lesbische maagdelijkheid.

"Hou je van ruige seks?" vroeg de eigenaar.

Ze had moeite om te praten. "Ja meneer."

"Laat het me weten als het te veel wordt. Ik wil je nooit pijn doen, lieverd. Maar ik wil je echt laten klaarkomen. Ik wil dat je klaarkomt zoals mijn vrouw deed."

Het anaal neuken werd harder en intenser toen Richard de riem vastgreep en er voorzichtig aan trok, waardoor Erika's halsband een beetje verstikte. Als gevolg hiervan werd haar ademhaling beperkter en voelde ze een drukkend gevoel rond haar nek.

Erika stopte met het kussen van de gebonden vrouw toen het anaal neuken moeilijker werd. Het werd steeds moeilijker en het bed begon te trillen. Erika voelde de druk in haar toenemen terwijl haar kont werd geramd.

"Oh god," jammerde Erika terwijl haar nek werd samengeknepen. "Mijn kont...mijn kont..."

Op dat moment werd Erika's billen zo hard geramd dat haar kleine peervormige borsten heen en weer begonnen te golven. Tranen vormden zich in haar ogen en ze bleef kleine jankende geluidjes maken.

Er werd steeds harder aan de riem getrokken en de halsband strakker, waardoor Erika minder lucht kreeg om te ademen.

Erger nog, terwijl Richard met één hand aan de riem bleef trekken, gebruikte hij zijn andere hand om naar beneden te reiken en Erika's gevoelige tepel te strelen. Hij kneep en draaide eraan. De klootzak. Hij kende haar zwakte. Hij kende haar gevoelige plek en maakte daar misbruik van tijdens de seks. Haar roze tepel leed pijn. Maar het was ook een bron van groot plezier voor haar.

Haar mond maakte korte grommende geluidjes. Haar ogen gingen dicht. Haar lichaam was stijf toen ze het bonken, de ademhalingsbeperkingen en de tepelmarteling doorstond. En haar handen klemden het laken stevig vast. Het gevoel van intense anale seks en seksuele stimulatie bouwde zich op in de slaaf en Richard voelde het gemakkelijk aan.

"Kom op, mijn slaaf," gromde Richard. "Spuiten zoals mijn vrouw deed."

Hij liet haar tepel los, en in plaats daarvan reikte hij naar beneden en speelde vakkundig met Erika's pijnlijke clitoris, terwijl hij haar kontje verrukte met zijn stijve pik. Het was Erika duidelijk dat haar eigenaar goed thuis was in deze positie, en hij moet dit vaak hebben gedaan met zijn vrouw Kelly. Wat een geluksvogel, dacht Erika.

harder aan de riem getrokken en de halsband kwam strakker om Erika's nek, waardoor ze niet kon schreeuwen.

In plaats van te schreeuwen, kwamen er korte ademteugen uit Erika's mond toen ze haar orgasme bereikte. Haar rug kromde omhoog terwijl haar kont venijnig werd geramd en haar clit woedend werd gewreven.

"Mijn reet," jammerde ze zachtjes, terwijl haar strakke kleine kontje hard werd opgerekt. "Mijn kont."

Het was haar beurt om klaar te komen. En het was ook haar beurt om te spuiten. Een paar stromen vloeistof schoten uit Erika's poesje en op Kelly's lichaam. Ze kwam niet zo vaak klaar als Kelly. Erika was niet echt een natuurlijke spuiter. Maar ze spoot genoeg om een statement te maken.

En die verklaring was, de seks was verdomd geweldig, en dat ze ervan hield om een slaaf te zijn voor dat getrouwde stel.

De greep op de riem werd langzaam losgelaten en de halsband voelde minder beperkend aan. Erika voelde de lucht terug naar haar longen komen en haar nek en keel kwamen tot rust. Tussen het intense orgasme dat ze voelde en het losmaken van de halsband door, merkte Erika amper op dat Richard net in haar kontje was klaargekomen.

'Ik ben klaar,' zei Richard terwijl hij de riem volledig losliet. "Nu is het tijd dat je je gaat wassen."

Erika herkende de insinuaties in zijn stem. Ze bleef even stil en ademde zwaar. Ze wilde haar kalmte herwinnen voordat ze weer met haar baasje sprak.

Het hoorde er allemaal bij om een echte slaaf te zijn.

"Hoe wilt u dat ik dat doe, meneer?" vroeg ze met een goed beheerste, correcte stem.

"Druk je billen tegen het gezicht van mijn vrouw. Ze zal je wel wassen."

Erik was geschokt. Maar toen ze naar beneden keek, zag ze een gewillige blik op Kelly's gezicht, die een licht knikje gaf om Erika te laten weten dat het goed was.

Toen de lul eenmaal uit Erika's kont was getrokken, kroop ze omhoog en ging rechtop zitten, waarbij ze haar kontje net boven Kelly's mond plaatste, en ze liet zichzelf zakken. Diep van binnen voelde Erika zich een beetje rot omdat ze in die positie zat, maar het was niet haar beslissing. Het was wat haar baasje wilde. En te oordelen naar het gehoorzame likken van haar kont dat plotseling voelde, wilde Kelly dat ook.

Terwijl Erika voelde dat haar kont werd gelikt en schoongemaakt door de vastgebonden vrouw, sloot ze haar ogen en genoot van het moment. Het was verreweg de gekste nacht van haar leven. Niets was ooit in de buurt gekomen.

In veel opzichten was geveild worden het beste wat haar ooit is overkomen. Het gaf haar een gevoel van vertrouwen. Het gevoel dat ze alles kon. Ze had zich nog nooit zo lekker in haar vel gevoeld.

Het was seksuele bevrijding op zijn best.

Kelly's tong ging een beetje dieper in de anus om het sperma op te zuigen, en Erika voelde zich een tevreden slaaf. Ze vroeg zich af of ze dit ooit nog zou kunnen doen, en met wie?

Epiloog:

Er was een jaar verstreken en Richard had Kelly iets speciaals beloofd.

Hij was vroeg thuisgekomen van zijn werk. Ondertussen was Kelly net teruggekomen na een lange dag op kantoor. Ze was nog steeds gekleed in haar kantoorkleding.

Toen ze thuiskwam, kreeg ze te horen dat ze haar schoenen uit moest doen en haar tas moest neerleggen.

'Kan ik me tenminste eerst omkleden?' zij vroeg. "Ik kan waarschijnlijk ook wel een douche gebruiken."

"Als je dat zou toestaan, zou de verrassing verpest worden."

Kelly glimlachte, "Nog een gek cadeau voor ons 11-jarig jubileum?"

'Dat klopt,' zei hij terwijl hij een blinddoek uit zijn zak haalde.

Ze keek hem sceptisch aan, maar stemde toe. Ze droeg de blinddoek en Richard leidde haar de trap op, de gang door, naar hun slaapkamer.

Toen ze de bestemming bereikten, vroeg Richard of ze klaar was, en ze zei dat ze dat was.

De blinddoek werd verwijderd.

Kelly's mond viel bijna open bij het zien van een naakte vrouw, vastgebonden in hun huwelijksbed. De naakte vrouw had haar polsen en enkels met touw aan elkaar gebonden. Ze zat in geknielde houding, met haar kont naar buiten gericht.

Het was echter niet zomaar een naakte vrouw. Het was iemand die bekend voorkwam. Iemand die Kelly kon herkennen op basis van de naakte achterkant.

"Is dat... Erika?" zij vroeg.

"Waarom proef je niet en kom je er niet achter?"

"Heb jij..."

'Ik heb haar voor vanavond gekocht. Of langer als je wilt. Ze kan onze slavin zijn als we haar nodig hebben. Ze is meer dan bereid.'

'Je bent te veel,' zei Kelly met een lichte glimlach, zachtjes ongelovig haar hoofd schuddend.

"Vooruit, proef maar lieverd."

Kelly wierp haar man een dubbelzinnige blik toe, toen naderde ze de vastgebonden slaaf, ging op haar knieën zitten en spreidde de billen van de slaaf nog verder met beide handen. Kelly begon orale seks uit te voeren op Erika's kontgat en poesje.

Terwijl ze doorging met haar mondelinge werk, hoorde ze het geluid van Richard die een la opendeed. Ze probeerde het te negeren en zich te concentreren op het oraal bevredigen van de slaaf. Maar ze kon er niet omheen toen Richard een doosje naast de slaaf op het bed zette.

Door haar ooghoeken zag Kelly wat er in de kleine doos zat. Het was een nieuw aangeschafte strap-on kit en Kelly wist dat het weer een lange nacht zou worden.

DE MOSLIM VROUW

44

Een van de unieke dingen van het landhuis was dat geen van de kamers deuren had. Zodat iedereen op elk moment alles kan zien.

Dit was nooit iets waarvan Samira ooit had gedacht dat het er deel van zou uitmaken. Ze was een goede moslimvrouw. Ze was hier alleen omdat ze vele jaren geleden de Marokkaanse rederij van haar vader had geërfd en door slimme en slimme zakelijke beslissingen een klein fortuin voor zichzelf had kunnen opbouwen.

Door dat succes kon ze extravagant in Amerika leven. Ze was niet alleen een welvarende zakenvrouw geworden , maar ze maakte ook naam in de filantropische wereld en wreef naast grote beroemdheden en politici.

Nu was ze hier, op de begane grond van 'The Bondage Manor', zoals veel elitaire gasten het onofficieel hadden genoemd. Ze was hier alleen vanwege haar man Michael, die de Britse nationaliteit had en een rijke tech-investeerder was met alle juiste connecties (waaronder een plek als deze).

Ze was een 35-jarige maagd toen ze maanden geleden trouwden, en ze kon nog steeds niet geloven dat hij haar had overgehaald om een hedonistisch evenement als dit bij te wonen. Het was een laat huwelijkscadeau , had Michael haar verteld. Een geschenk van zijn beste vriend, voegde hij eraan toe.

Alle gasten waren voor de gelegenheid onberispelijk gekleed. Samira's ensemble van haar kant omvatte een strakke witte jurk, hakken en mooie sieraden. Haar weelderige, golvende zwarte haar had een scheiding in het midden en golfde vrij; precies zoals haar man dat verkoos. Het maakte haar er buitengewoon aantrekkelijk uit, zoals hij vaak zou zeggen.

Ze keek om zich heen in de hoop dat niemand haar zou herkennen. Niemand deed het. De gasten van voornamelijk stellen van middelbare leeftijd, allemaal blank, hadden het te druk met de verschillende prijzen die geveild werden.

Schaars geklede vrouwen stonden op verschillende platforms terwijl gasten boden op degene die ze wilden. De vrouwen waren allemaal aantrekkelijk. Adolescenten. Verschillende etniciteiten en achtergronden. En het deed Samira goed om te zien dat elk van de jonge onderdanigen ervan genoot om daar te zijn, met een aangename en verleidelijke glimlach op hun charmante gezichten.

"Plezier hebben?" fluisterde Michael verleidelijk in haar oor. 'Je begint er meer op je gemak uit te zien hier te zijn.'

Samira hield haar man dichter tegen zich aan. 'Dat zou ik niet zeggen. Ik ben nog steeds erg nerveus.'

'We zitten snel genoeg in onze eigen kamer, met meer privacy. Wie interesseert jou?'

Ze schatte haar opties nader in. De waarheid was dat ze blij zou zijn geweest met elk van de onderdanigen. Als pasgetrouwde vrouw was seks met haar man nog steeds een wonderbaarlijk genoegen dat haar meer dan tevreden maakte. Michael was goed in bed en al haar zintuiglijke genoegens waren vervuld.

Maar het idee om met een andere vrouw op verkenning te gaan, was een unieke kans om de grenzen van haar seksualiteit nog verder te verleggen. Ze verzoende het met haar strikte religieuze overtuigingen door het feit dat dit ruim binnen de grenzen van haar huwelijk viel.

Terwijl ze bladerde, viel iemand haar op.

Een onschuldig ogende brunette in een strak zittende zwarte jurk, die tenger was met een melkwitte huid; huid die onberispelijk leek. Haar gezicht was rond en haar gestalte klein. De onderzeeër werd vastgehouden aan een riem en halsband om haar nek, en ze zat op haar knieën, opgevuld met een donzig rood kussen. Ze kon niet ouder zijn dan halverwege de twintig en haar bruine haar zat in een nette knot.

"Haar?" vroeg Michael toen hij zag dat zijn vrouw staarde.

Samira bevestigde: "Ik vind haar schattig. Ik kan niet geloven dat ze hier is. Zo'n meisje?"

'Fantasieën kennen geen grenzen, mijn liefste. Ik weet zeker dat ze een interessant verhaal heeft. Zullen we het eens nader bekijken?'

Ze gingen naar deze tengere jonge vrouw. Andere gasten in het landhuis waren ook aan het rondsnuffelen. Ze onderzochten het gezicht en het lichaam van de onderdanige, samen met de getoonde informatie.

Naam: Erik

Leeftijd: 24

Lengte/Gewicht: 5'2 110 pond

Beroep: Student (economie)

Voorkeur: Inzending

Oriëntatie: Open voor alles

Vaardigheden: van alles en nog wat. Paren. Orale schoonmaak.

Gaten: Alle 3 beschikbaar

Ervaring: 3e evenement

Citaat: "Hallo, mijn naam is Erika, en ik zou graag je Toy willen zijn. Hoewel ik vrij nieuw ben, ben ik nog steeds erg nieuwsgierig en sta ik open voor veel dingen. Ik kan een braaf meisje zijn, of een slecht meisje Uw keuze is mij een genoegen."

Startprijs: $ 500

De sub 'Erika' bleef stoïcijns terwijl potentiële kopers naar haar schoonheid staarden en boze gedachten hadden over wat ze met haar zouden willen doen. Haar gezicht was niet te lezen.

"Zal ik een bod uitbrengen?" vroeg Michael aan zijn vrouw. 'Of moeten we blijven rondsnuffelen? Misschien is er iemand anders die je leuker vindt.'

Samira was onvermurwbaar. 'Nee. Deze. Ik mag haar. Ze lijkt zo lief. Ik vraag me af hoe ze privé is.'

"Natuurlijk, mijn liefste. Dit is jouw ervaring om te bewonderen."

Michael deed een bod op deze specifieke onderzeeër en Samira keek toe terwijl haar man zaken deed.

Toen de biedingen waren uitgebracht en het zover was, ging de veiling zijn gang. In totaal waren er minstens 20 onderdanigen. Elk werd geveild. Wat betreft de gasten die geen sub voor die dag konden kopen, die zouden het blijkbaar druk hebben met elkaar, of met de bedienden die zouden helpen het entertainment van de dag te vergemakkelijken.

Samira's hartslag steeg toen haar man aan het bieden was. Ze wilde niet dat iemand anders Erika bezat. Om eerlijk te zijn, ze wilde Erika voor zichzelf en Michael als trio. Een meisje zo mooi als dat, ze wilde haar veilig houden en koesteren, bijna op een maternalistische manier.

En als ze het bod daadwerkelijk hebben gewonnen ? Zou dit haar eerste lesbische ervaring zijn? Ze voelde een gevoel van paniek en schaamte. Als iemand in haar thuisland ooit wist...

Toen hoorde ze het: Verkocht!

Michael had het bod gewonnen. De onderdanige Erika stond op en de riem werd aan haar man overhandigd.

Toen de onderdanige naar beneden kwam, stonden Samira en Erika oog in oog. De onderdanige glimlachte. Het enige waar Samira aan kon denken was hoe mooi deze jonge vrouw was en hoe onberispelijk haar huid leek; het gloeide bijna. En die lippen! Erika had de meest weelderige en natuurlijk pruilende lippen die je je maar kunt voorstellen. Hoe moeten ze zich voelen tijdens een kus, of iets anders... vroeg Samira zich af.

Michael hielp de onhandigheid te doorbreken en ze maakten allemaal introducties. Ze wisselden beleefdheden uit en Samira voelde een steek van schuld dat ze deze jonge vrouw zouden gebruiken voor seksueel genot, en niets anders.

Ze gingen allemaal samen de trap op. Michael zat in het midden en de twee vrouwen sloegen hun armen om elk van hem heen. Tegen die tijd was het feest geëvolueerd. Het was nog steeds een eersteklas aangelegenheid voor de sociale elites. Maar borsten waren zichtbaar. Lichaamsdelen lieten zien.

Toen ze de bovenverdieping bereikten waar alle slaapkamers waren, hoorden ze al gekreun en god weet wat nog meer. Samira gluurde in een van de kamers en zag een Aziatische onderdanige op haar knieën een man oraal bevredigen, terwijl zijn vrouw toekeek. In de volgende kamer was een Latina onderdanige zich aan het uitkleden voor een stel, trots haar statige lichaam en donkere tepels modellerend voor hun kijkplezier. In weer een andere kamer werd een onderdanige geblinddoekt en vastgebonden op het bed.

Nogmaals, Samira's schuldgevoel omdat ze Erika op deze manier had gebruikt, verteerde haar.

Ze bereikten hun kamer. Het was chique en had Japanse kunstwerken aan de muur. Er was ook een groot raam dat uitkeek op de binnenplaats, waar buiten nog steeds veel mensen aan het socializen waren terwijl naakte bedienden eten en drinken serveerden. Samira was doodsbang bij het idee dat iedereen gewoon naar boven kon kijken om ze te zien. Maar dat waren de regels van deze plek.

Uit beleefdheid deed Michael Erika's halsband af, waardoor ze er nog gezonder uitzag.

Samira wilde zeggen: 'Je hoeft dit niet te doen, Erika. Je kunt gewoon naar ons kijken, als je dat prettiger vindt.'

Voordat die woorden Samira's mond konden ontsnappen, had Erika het initiatief genomen.

Er was een nonchalante uitdrukking op Erika's gezicht toen ze voor hen stond, de achterkant van haar jurk openritste en op de grond liet vallen. Haar huid was bleek en ze had subtiele rondingen. Ze droeg een bijpassende witte beha en slipje, samen met kousen en kousenbanden. De dunne kanten beha met satijnen randen leek haar een cupmaat te klein, wat opzettelijk leek, met als resultaat dat haar roze tepels er bovenop zichtbaar waren.

Op dat moment wist Samira dat haar eigen oordeel verkeerd was. Dit was geen vergissing. Deze jonge onderdanige wist heel goed wat ze deed, ze stond daar met haar tepels gedeeltelijk bloot, terwijl ze naar zichzelf keek om er zeker van te zijn dat haar ondergoed er goed uitzag. Ze paste haar beha en slipje aan en was meer dan tevreden met het feit dat haar tepels zichtbaar waren.

'Ik ben er klaar voor,' zei Erika met een wrange glimlach en haar handen op haar heupen.

'Je bent nogal een economiestudent,' merkte Michael op terwijl hij de schaarse lingerie-outfit bewonderde.

Erik knikte. 'Het is eigenlijk mijn laatste jaar. Ik heb twee zomers op rij stage gelopen en hoop volgend jaar een baan als financieel analist te krijgen.'

'Brains and beauty. Net als mijn vrouw. Ze runt een grote rederij.'

"Oh?" Erika's wenkbrauw ging omhoog en ze keek over Samira's zwoele figuur heen.

'Het lijkt erop dat we hier allemaal professionals zijn,' merkte Samira op. 'Mijn man en ik zijn nieuw hier. We zijn pas getrouwd. En we hebben nog nooit zoiets gedaan, als je dat mag geloven.'

Erik knikte. " Oh , ik geloof het zeker. Deze plek is populair bij nieuwsgierige stelletjes."

'Ik heb het gemerkt. Deze plek is... uniek.'

'Dat is maar goed ook. Het dom /sub-ding is uniek en moeilijk goed te krijgen. Maar daar is deze plek voor. Om je gids te zijn.'

Samira verstijfde zachtjes. 'Ik weet zeker dat je een zeer bekwame gids bent.'

"Ik ben tot in de perfectie opgeleid. Dus ja, ik ben in veel dingen heel goed in staat. En ik hou ervan om plezier te geven."

"Jij ziet er ook lief uit."

"Was jij degene die mij koos?" vroeg Erika met een schattige uitdrukking op haar ronde gezicht.

'Dat heb ik gedaan,' erkende Samira. "Ik vind je schattig. Misschien noem ik je wel sexy. Ik ben nog nooit met een vrouw geweest, maar mijn man wil dat ik iets nieuws ontdek."

"Dat is perfect. Ik hou van koppels. Ik ben met een paar geweest en er is mij verteld dat ik er heel goed in ben."

Samira haalde diep adem bij de ervaring van het meisje. "Je lijkt..."

"Onschuldig?" vroeg Erika speels om Samira's zin af te maken.

'Ja. Je ziet eruit als een engel, echt waar.'

"Samira, zelfs engelen hebben hun plezier."

'Daarover gesproken,' viel Michael hem in de rede. 'Ik heb een verzoek. Erika, we hebben je gekocht voor ons plezier. Maar dat is saai. Veel te voorspelbaar. In plaats daarvan, Erika, geef ik je de volledige controle over ons; vrouw vooral. Ik wil dat mijn vrouw dit onthoudt. Kun jij dat doen, Erika?"

Samira hapte naar adem bij de aankondiging, en Erika had de tegenovergestelde reactie, met een duivelse grijns.

'Jullie hebben allebei geluk,' antwoordde Erika met een flauwe vrolijkheid. 'Omdat je het juiste meisje voor de baan hebt gekocht. Ik bedenk altijd manieren om ondeugend te zijn met verfijnde mensen. Ik weet zeker dat we iets kunnen bedenken.'

"Iets in gedachten?" hij vroeg.

Erika wendde zich tot Samira en dacht na. "Hmm... eens kijken. Zo'n stijlvolle en elegante vrouw. Ik kan zien dat je aarzelt om hier te zijn. Maar dat kan ik oplossen."

Het enige wat Samira kon doen was stil blijven staan en wachten, terwijl deze jonge onderdanige haar bleef aankijken en allerlei afwijkende gedachten dacht over wat ze zometeen allemaal zouden gaan doen.

'Ik weet het,' zei Erika ten slotte, met fonkelende ogen. 'Ik wil dat je mijn halsband omdoet terwijl ik de riem vasthoud. Bij het raam.'

De rolomkering kwam zo plotseling dat Samira niet wist hoe ze zich moest voelen. Het was een schok. Dit was niet waar ze oorspronkelijk mee had ingestemd. En gebruikt worden als speeltje was zeker niet de reden dat ze hier kwam.

Ze keek naar haar man voor morele steun en die was er niet. Michael leek volledig achter dit idee te staan en Samira was in de minderheid.

"Wil je me degraderen?" vroeg Samira, het ongemak in haar stem verbergend.

"Nee. Ik wil alleen maar zien hoe je lul zuigt."

Samira deed haar best om haar waardigheid te behouden. "En waarom is dat?"

"Het is mijn favoriete ding in de wereld," antwoordde Erika met een vage glans in haar ogen. " Bovendien heb je een mooi gezicht. Het ziet er exotisch uit. Ik hou van de donkere kleur van je huid. Ik ben benieuwd hoe je eruit ziet als je een onderdanige pijpbeurt geeft."

"Maar mensen buiten kunnen me misschien zien."

'Nog beter,' knikte Erika. "Er is geen twijfel dat je gezien zult worden. Het zal de dingen leuker maken, geloof me."

Terwijl Samira stomverbaasd stond, hield Michael de halsband omhoog.

"Zullen we?" hij vroeg.

"Bij nader inzien..." voegde Erika toe, van gedachten veranderd. "Ik heb een beter idee. Gebruik in plaats daarvan dit."

Het onderdanige meisje reikte naar achteren en maakte haar kanten beha los, waardoor haar kleine parmantige tietjes en roze tepels in hun geheel zichtbaar werden. Ze kneep de beha aan een kant dicht en draaide hem rond. Er was een blik van verrukking op haar schattige gezicht.

"Ik hou van de manier waarop je denkt," glimlachte Michael.

'Met een beetje creativiteit kom je een heel eind. Mag ik de honneurs waarnemen?'

De echtgenoot knikte. "Je kan."

Samira stond stil toen Erika naderde met de beha in haar hand. Samira's weelderige, donkere haar werd naar achteren gekamd en ze liet Erika de kanten beha om haar nek wikkelen, waardoor een geïmproviseerde halsband en riem met de gladde stof ontstond.

'Naar het raam,' zei Erika in Samira's oor.

De vrouw compileerde terwijl Erika een zachte, maar stevige ruk gaf. Samira wist niet hoe ze zich moest voelen. De controle was verloren. En voor een jonge vrouw met een engelachtig gezicht, niet minder. Toen Samira voor het raam stond, zag ze de gasten die buiten aan het socializen waren, en de naakte bedienden die drankjes serveerden.

'Op je knieën,' zei Erika en ze wendde zich tot de echtgenoot. "Pik, alsjeblieft."

Samira ging op haar knieën zitten en haar zintuigen werden scherper. Ze was zich scherp bewust van alles wat er buiten gebeurde, samen met al het gekreun van plezier in de gang en het gevoel van het tapijt tegen haar knieën.

Wat nog belangrijker was, ze hoorde het geluid van haar man die netjes en heerlijk zijn schoenen uittrok en zijn broek uitdeed (een eigenschap die ze altijd sexy had gevonden). Ondanks haar leeftijd was Samira nog nieuw in de wereld van het zuigen. Ze merkte dat ze ervan genoot. Het was lang niet zo vernederend als ze in al haar maagdelijke jaren had verwacht. Vreemd genoeg voelde het in veel opzichten zelfs sterker, omdat ze het orgasme van de man van wie ze hield onder controle kreeg.

Maar om het hier te doen? Voor zoveel potentiële getuigen? Onder begeleiding van Erika?

De gedachte maakte haar bang. Ze droeg geen slipje, maar als ze dat wel had gedaan, zouden ze doorweekt zijn.

Terwijl ze bij het raam neerknielde, stond haar bodemloze echtgenoot voor haar. Zijn pik was klaar om gezogen te worden. Voor het eerst voelde het alsof Samira's echtgenoot meer een steunpilaar was dan iets anders. Een lul die ze kan gebruiken. Of een pik die alleen maar bedoeld was om haar mond te neuken.

Voordat de actie begon, trok Erika aan de beha/riem om Samira's houding recht te trekken, daarna reikte ze voorover om Samira's borsten bloot te leggen door de bovenkant van de jurk naar beneden te duwen.

'Je hebt mooie donkere tepels,' zei Erika terwijl ze over de ontblote borst van de vrouw keek. "Ze zijn al stijf. Je moet opgewonden zijn. Ook geen bruine lijntjes. Je natuurlijke huidskleur is stralend. Je bent buitengewoon mooi, Samira. Ik heb nog nooit met een vrouw uit het Midden-Oosten gespeeld. Het is echter altijd een fantasie geweest." ."

Samira nam niet de moeite om te antwoorden met de dunne beha om haar keel gewikkeld. Als ze had gekund, zou ze gewoon 'dankjewel' hebben gezegd.

Ze bleef stil staan terwijl Erika zich bukte om over elke borst te wrijven en haar donkere tepels kneep, waardoor Samira een rilling over haar rug kreeg terwijl ze als een speeltje werd gebruikt.

"Begin nu te zuigen," zei Erika kortaf. "Een lul die zo hard is, mag nooit wachten."

Michael deed de eerste beweging en deed een stap naar voren zodat zijn erectie slechts enkele centimeters van Samira's gezicht verwijderd was. Normaal gesproken hield ze ervan om oogcontact te maken met haar man. Het zorgde altijd voor een gevoel van intimiteit tussen hen.

Deze keer kon ze zichzelf er niet toe brengen om naar iemand te kijken. Ze hield haar ogen dicht, leunde naar voren en zoog aan de erectie van haar man, precies zoals hij dat wilde. Ze klemde haar lippen op elkaar en ze deed haar best om haar hoofd heen en weer te wiebelen, zelfs met de kanten beha om haar nek gewikkeld.

Ze voelde de pik verstijven in haar mond. Het betekende dat ze de juiste dingen deed en dat haar man van deze ervaring hield. Ze hoorde ook het erotische geluid van Erika die harder ademhaalde terwijl ze over haar waakte.

Wat een show moet dit geweest zijn voor de sub. En wat een show voor de gasten buiten. God, had een van hen gekeken? Of iemand anders in de gang?

'Breng hem helemaal mee,' zei Erika met een vleugje autoriteit. "Ik wil je zien deepthroaten. Naar mijn bescheiden mening is een goede pijpbeurt niet compleet zonder een paar grappen."

Diepe keel. Nu is er iets dat Samira zorgvuldig had vermeden. Ze had die act in pornografie gezien en had het altijd rommel en klasseloos gevonden. Omdat ze een vrouw van waardigheid was, vermeed ze het koste wat het kost en waardeerde ze het feit dat haar man nog nooit om zoiets smerigs had gevraagd.

Onder deze omstandigheden, met een geïmproviseerde riem om haar keel, voelde ze zich gedwongen het bevel op te volgen. Ze kneep haar ogen dicht, zodat de tranen niet naar buiten zouden komen. En ze hoopte dat ze geen vernederende kokhalzende geluiden zou maken.

Haar hoofd ging langzaam naar voren en nam meer van de pik van haar man in haar mond en in haar keel. Ze voelde de lul aan haar tong trekken en haar keel raken. Haar man vond het geweldig. Wat een verraad. Ze nam hem nog dieper tot het de ingang van haar keel bereikte. Vreemd genoeg was ze trots op zichzelf omdat ze het helemaal had genomen. Een nieuwe seksuele prestatie.

Haar trots stortte in toen het onvermijdelijke gebeurde; ze kokhalsde. Het was slordig en smerig. Haar ogen traanden en het speeksel droop over haar dure witte jurk. Ze maakte een walgelijk geluid en schaamde zich ervoor.

'Zo is het genoeg,' zei Erika genadig. "Nu wil ik je zien neuken. Sta op en druk je gezicht tegen het raam. Maak je geen zorgen, het glas is gemaakt om het lichaamsgewicht van een vrouw aan te kunnen."

Erika trok lichtjes aan de beha/riem om Samira te laten weten dat ze naar het raam moest gaan staan. Samira gehoorzaamde en zag dat een paar van de gasten de pijpactie hadden gezien terwijl ze buiten champagne nipten. De beha/riem werd uit haar nek gehaald en door Erika op de grond gegooid.

Samira spreidde haar benen toen haar man haar billen en binnenkant van de dijen uit elkaar duwde. Ze drukte haar gezicht op het speciaal geïnstalleerde glas, liet haar lichaamsgewicht erop rusten en voelde haar man haar kont verder spreiden om van achteren bij haar poesje te komen. Ze was bekend met deze positie en kromde haar rug om haar achterwerk omhoog te brengen.

'Kijk me aan,' zei Erika met een verleidelijke beleefdheid. "Ik wil je ogen en gezicht zien terwijl je wordt gepenetreerd. Het is een krachtige uitdrukking."

Samira's gezicht was al naar Erika gericht. Hun ogen vergrendeld. Geen van beiden keek weg terwijl Samira's poesje werd opgerekt door de harde pik. Haar mond liet een zucht ontsnappen en haar ogen werden groot.

Haar man ging aan het werk en neukte haar van achteren. Haar lichaam wiegde en haar tieten zwaaiden, met haar donkere tepels zo hard als altijd. Zeker meer gasten van het landhuis keken naar deze flagrante exhibitionistische show. Maar Samira durfde niet te kijken. Het was veel verleidelijker om oogcontact te houden met deze dierbare onderdanige die de scène controleerde.

Erika reikte naar beneden om Samira's poesje te vingeren. "Verdomme, je bent zo nat."

"Ik weet het," kreunde Samira terug, terwijl haar kutje werd gebeukt en haar lichaam heen en weer wiegde.

Het was een zintuiglijke overbelasting, aangezien Samira's lichaam ook door Erika werd gestreeld; met een kleine witte hand die over haar poesje wrijft en dan omhoog reikt om in haar borsten te knijpen. Samira kreunde elke keer als ze werd aangeraakt en geknepen. Die zachte handen gaven haar een goed gevoel. En haar poesje dat verkracht werd, voelde nog beter.

Het gekreun werd luider toen Erika haar vingers op Samira's kut concentreerde. Samira's ogen werden groter en haar ademhaling werd zwaarder.

"Ik heb je goede plek gevonden," zei Erika met een opgewonden stem. "Een lul die je poesje neukt, en mijn vingers die met je kut spelen, terwijl mensen van buitenaf toekijken. Misschien ben je niet zo fatsoenlijk als je lijkt? Misschien ben je diep vanbinnen gewoon een ondeugend neukspeeltje zoals de rest van ons. Vind je het leuk om dat te horen, Samira? Vind je het leuk om te ontdekken dat je zo'n vieze vrouw bent?'

De stem van de onderzeeër was laag geworden en vervuld van lust. fluisterde Samira. "Ja..."

"Kom nu klaar. Ik wil het zien."

Is dit hoe de hemel voelt? vroeg Samira zich af terwijl haar man haar kut overmeesterde en Erika haar klit in een snelle, cirkelvormige beweging wreef. Ze sloot haar ogen en genoot ervan. De maatschappij is verdoemd. Dit was euforie.

Samira mompelde iets onverstaanbaars terwijl het vocht langs haar benen naar de vloer liep. Haar sperma maakte ook een puinhoop op de pik van haar man en Erika's drukke vingers, die meedogenloos bleven tijdens het intense orgasme. Ze klemde haar kaken op elkaar en haar onderlichaam verstijfde terwijl ze ejaculeerde.

"Ik ga ook klaarkomen," kreunde Michael.

"Laat haar poesje onderlopen," instrueerde Erika. "Ik zal het opruimen regelen."

Samira voelde hoe haar man haar heupen stevig kneep en harder beukte. Dat was zijn signaal voor een naderend orgasme. Ritmische klapgeluiden vulden de kamer terwijl hij krachtig tegen haar billen stootte. Haar poesje voelde gelukzalig.

Haar man kreunde en kwam in haar. Het was een sensatie die Samira altijd had gekoesterd, het gevoel van sperma dat haar gaatje vulde. Terwijl Michael de laatste kreun slaakte, trok Erika haar vingers weg en viel op haar knieën.

"Fuck ja," giechelde Erika terwijl ze Michaels ballen klopte. "Als je me nu wilt excuseren, ik geef er de voorkeur aan om meteen op te ruimen... terwijl de dingen nog warm en fris zijn."

Samira bewoog niet. Ze voelde de lul van haar man uit haar 'ploffen'. De leegte van haar gapende, met sperma doordrenkte gaatje maakte plaats voor Erika's tong. De verrassing van haar leven. Haar eerste echte lesbische ervaring.

Ze sloot haar ogen en kreunde terwijl de getalenteerde tong haar met sperma gevulde poesje likte, betastte en slurpte. Alles werd opgeslokt en ingeslikt. Ze genoot van het gevoel van de vrouwelijke tong die dieper naar binnen duwde, gevolgd door Erika's mooie mond die de sappen verslond.

Toen de mond wegtrok, draaide Samira haar hoofd om en zag Erika de lul van haar man zuigen. Het was een ergernis. Dit was niet afgesproken en ze voelde een steek van jaloezie. Maar ze moest het bewonderen.

Erika's weelderige lippen waren strak om de met zaad doordrenkte pik gewikkeld en haar hoofd bewoog snel, ze nam hem diep in zich op zonder een zweem van een kokhalsreflex. Het was prachtig. Bevallig. Erika's lippen zwiepten af en toe rond Michaels hoofd voordat ze haar lippen weer om de schacht wikkelde om krachtig te zuigen. Het was hoe echt pijpen eruit moest zien.

Erika's mond ging heen en weer, terwijl ze Michaels pik zoog en Samira's poesje likte.

"Hoe voel je je?" vroeg Michael aan zijn vrouw.

Samira genoot van het gevoel van de tong in haar gaatje. Ze bleef voorovergebogen zitten met haar armen tegen het raam geleund. Meer gasten keken terloops naar deze afwijkende ontmoeting, en wie weet wie er nog meer in de gang had gekeken. Het kon haar niet meer schelen. In feite was het een geweldige opwinding.

'Als een nieuwe vrouw,' was alles wat Samira kon uitbrengen.

Toen haar poesje was schoongemaakt, draaide Samira zich om om haar man aan te kijken en Erika te bedanken. Ze had aangenomen dat deze onheilige ontmoeting voorbij was. Maar toen ze hen aankeek, zag ze Erika weer opstaan. Ze waren slechts enkele centimeters van elkaar verwijderd.

Samira kon het niet helpen dat ze die weelderige, volle lippen van Erika opmerkte. Lippen gemaakt om te kussen en te zuigen. Deze keer echter glinsterden Erika's volle lippen van verse kutsappen en bedekt met hete sperma.

Erika likte opgewonden haar lippen terwijl ze voor Samira stond terwijl ze elkaar aankeken. Het was duidelijk wat dit meisje wilde. Waarom ontkennen?

Zij zoenden. Samira drukte haar lippen op die van Erika en hun monden gingen open. Hun tongen worstelden en ze deelden orgastische vloeistoffen met elkaar in de hartstochtelijke uitwisseling. Hun armen om elkaar heen geslagen en hun borsten en harde tepels tegen elkaar gedrukt.

Verse sperma uitgewisseld in hun mond en rolde op hun tongen. Langzaam leek het schuldgevoel in Samira allang vergeten. Niemand zou het ooit weten. Dit was een geheim dat altijd in het bondage landhuis zou blijven.

CLUB-BDSM

Het was klaarlichte dag op Park Avenue, de meest aantrekkelijke en indrukwekkende wijk van New York City. Zoals de meeste dagen in de grote stad, ging de arbeidersklasse van en naar hun kantoor, genoten de rijken van lekker eten en slenterden toeristen door de wijken terwijl ze foto's maakten.

Afgezien van de normen van de drukke buurt, stond Erika naakt in een kale kamer op de 38e verdieping van een luxe flatgebouw. Ze stond voor een raam, dat voor privacy was afgedekt met een dun wit gordijn.

Haar handen waren stevig samengebonden boven haar hoofd, vastgemaakt aan een zwart touw dat aan een haak in het plafond hing.

Een verfraaid zwart masker verborg de bovenkant van haar gezicht, maar benadrukte haar prominente neus en kin. Het liet de schoonheid van haar gezicht zien, terwijl het haar identiteit verborg. Haar lange donkere haar viel losjes over haar rug en haar lippen werden geaccentueerd door robijnrode lippenstift.

Zijden zwarte kousen met een naad die over de rug liep, bedekten haar welgevormde benen. Ze lieten haar onmogelijk lange ledematen nog langer lijken. Zwarte hakken completeerden haar schaarse kleding. Haar lichaam was volledig te zien, in al zijn naakte glorie.

Niemand zou ontkennen dat ze betoverend was. Een zeldzame combinatie van kracht en vrouwelijkheid, ze sprak zowel mannen als vrouwen aan. Hoewel ze slank en toch gewelfd is op de juiste plekken, projecteerde ze het beeld dat haar lichaam gebouwd was voor ruige neukbeurten . Op 28-jarige leeftijd was Erika tot het besef gekomen dat ze het enorm leuk vond om door anderen seksueel gebruikt te worden, en dat was precies wat ze vandaag verwachtte.

Zelfs haar beste vrienden wisten niet van het verdorven geheim dat ze bewaarde. Haar onderdanige verlangen en hunkering om gebruikt te worden voor het plezier van anderen kan voor hen moeilijk te begrijpen zijn.

Uiteindelijk liet ze professionals de leiding nemen in deze geheime ontmoetingsplek. Het was een elegante setting waar gelijkgestemde mensen van een bepaalde klasse hun zeer ondeugende verlangens konden uitleven. De maskers waren discretionair. Maar voor Erika was het een absolute must; niemand kon weten dat ze zich op zo'n schandalige manier liet behandelen. Ze was in godsnaam een machtige advocaat.

De regels waren eenvoudig. Geheimhouding was heilig. Netheid was niet bespreekbaar. Respect was nodig. Dit was een exclusieve aangelegenheid en iedereen kwam dienovereenkomstig gekleed.

Terwijl Erika daar vastgebonden en gemaskerd stond, keek ze toe hoe de veilingmeester naast haar ging staan. De veilingmeester droeg een doelbewust onthullend pak, met decolleté en al, samen met een gouden masker om ook haar identiteit te verbergen. Ze was een lange vrouw met een indrukwekkende uitstraling, wat haar perfect maakte voor de job.

In een vreemde gang van zaken had Erika zich bij deze taboe-bijeenkomsten aangesloten op verzoek van de veilingmeester, die ongelooflijk ook een advocaat was die Lea heette. Ze waren tijdens een langdurig proces tegengestelde raadslieden geweest. Toen de zaak voorbij was, vroeg Lea Erika mee uit voor een drankje.

'Weet je iets,' had ze tegen Erika gezegd aan een privétafeltje, terwijl ze allebei gehavend en uitgeput in elkaar zakten na de slopende zaak. "Vrouwen zoals wij zijn een zeldzaam ras. We werken keihard. We zijn slim. Verfijnd. Toegewijd. En we houden er allebei van om op een bepaalde manier geneukt te worden. De eerste keer dat ik je zag, wist ik wat voor soort vrouw je bent.."

Erika spuugde bijna haar drankje uit. Gaf ze echt een soort seksuele vibe af? Hoe kon deze vrouw afleiden dat Erika van ruige dingen hield?

Het grootste deel van Erika's volwassen leven was seks vanille geweest. De gebruikelijke sleur was nodig om orgasmes van de minimumstandaard te bereiken. De afgelopen jaren had ze echter een paar ondeugende verzoeken gedaan aan haar partners om de boel op te fleuren. Ruw neuken. Lichte verstikking. Een pak slaag. Maar het belangrijkste was dat ze had gevraagd om behandeld te worden als een seksueel speeltje, in tegenstelling tot een romantische partner. Alleen wanneer aan deze voorwaarden was voldaan, was Erika in staat om wereldschokkende orgasmes te bereiken.

Had een van haar ex-vriendjes het nieuws verspreid over haar afwijkende verlangens? Of was Lea een sexpert extraordinaire? vroeg Erika zich af terwijl ze staarde, met een hert in de koplampen.

"Ik behoor tot een soort club. Het is voor mannen en vrouwen die graag de grenzen van onconventionele seks verleggen. Denk er eens over na. Het is een zeer exclusief netwerk en we kunnen nieuwe leden zoals jij gebruiken. Maak je geen zorgen, niemand zal dat doen ooit weten. Er is een formeel contract met een vertrouwelijkheidsclausule. We zijn allemaal gebonden aan geheimhouding met afstandsverklaringen en overeenkomsten. Heel wat leden zijn advocaten. Als je nog steeds gespannen bent over privacy, kunnen we je een op maat gemaakt masker aanbieden van Venice. Een paar van onze gewaardeerde vrouwelijke leden dragen ze. Het stelt ze op hun gemak terwijl ze de donkere kanten van hun seksualiteit verkennen."

Erika was stomverbaasd en haar wangen werden knalrood. Lea had deze blik al vaker gezien. Onverschrokken ging ze door en verspreidde informatie waardoor Erika's slipje meteen nat werd.

Na wat dialoog om Erika's plotselinge hyperventilatie te kalmeren, vervolgde Lea haar pitch. "Kinky dingen. Touwen. Zwepen. Groepsinstellingen. Dominantie. Onderdanigheid."

"Zoals bdsm?" vroeg Erik.

Lea glimlachte. "Het is een BDSM-club. Eigenlijk doe ik op een heel unieke manier mee. Hoe zou jij het vinden om verkocht te worden? Als je akkoord gaat, zorg ik ervoor dat je naar de spannendste bieder gaat."

Hun geheime gesprek ging door totdat Lea een kaart met een telefoonnummer naar Erika schoof. Daarmee stond ze op, betaalde de rekening, grijnsde naar Erika, draaide zich om en ging weg. Ze was ervan overtuigd dat er een telefoontje zou komen. Die noodlottige ontmoeting was het begin geweest van Erika's gezegende seksuele emancipatie.

Na een aantal dagen van intens beraad, belde ze, in de veronderstelling dat ze niets te verliezen had. Per slot van rekening, dacht Erika, aan wie ging Lea het vertellen? Ze waren allebei carrièrevrouwen en hadden veel te verliezen in termen van hun reputatie en potentiële klanten.

Op dat moment begonnen haar lessen; kont, poesje, mond. Ze was gedisciplineerd in alle kunsten. Haar lichaam was getraind om gedurende lange tijd erotische posities aan te houden. Al haar plezierpunten werden gevonden; sterke en zwakke punten bepaald. Het duurde niet lang voordat Lea Erika had geclassificeerd als een bondageduivel en pijnslet. Dat was de juiste diagnose voor deze onervaren onderzeeër.

Natuurlijk had Lea enorm genoten van haar rol als Erika's seksuele mentor. Omdat ze verantwoordelijk was voor het trainingsregime, was Erika vooral bedreven in het geven van plezier precies volgens Lea's specificaties. Ze hadden vele plezierige avonden doorgebracht met Erika's gezicht in het poesje en de kont van haar vleselijke coach. Aan het einde van een zware dag in de rechtbank was een ontmoeting voor de ongeoorloofde activiteiten een welkome traktatie. Hun gedeelde enthousiasme en arbeidsethos maakten hen bijzonder geschikt om zowel te geven als te nemen in hun respectieve rollen.

Dat was toen.

Nu namen de gasten plaats in de zaal. Er moeten minstens 15 mensen aanwezig zijn geweest, wat de norm leek te zijn. Erika kon geen exacte telling doen omdat ze opgesloten zat met haar gezicht naar de voormuur gericht. Vanuit de gang hoorde ze meer mensen ronddwalen in de rest van het appartement (minstens nog eens 15).

Het was waar wat ze zeiden over andere zintuigen die geprikkeld werden als men belemmerd was. Het geluid van voetstappen en van mensen die plaatsnamen op de gestoffeerde stoelen met hoge rugleuning was duidelijk. Al snel hoorde ze zacht gefluister over haar schoonheid.

Uiteindelijk veranderden de gesprekken in manieren waarop de gasten zich voorstelden haar te gebruiken voor hun bevrediging.

De krachtige combinatie van vastgebonden zijn en niet weten wat er zou gebeuren deed Erika's poesje vochtig worden van verwachting. De sappen vormden een plas boven op haar dijen omdat ze geen schaamhaar had om het in haar intieme ruimte te houden.

De veilingmeester sloeg met een hamer op het podium. "Dames en heren, voordat we beginnen, wil ik u allemaal persoonlijk bedanken voor uw komst. We hebben vandaag een geweldige line-up van mannen en vrouwen. We zijn er zeker van dat u zult genieten van de geneugten die we in petto hebben."

Ze zag af van de gebruikelijke formaliteiten toen het evenement begon. Haar woorden waren professioneel en uitgesproken met de assertiviteit die van een goede advocaat wordt verwacht. Er was echter ook een verleidelijke en speelse kwaliteit aan haar bevalling. Het kleine publiek applaudisseerde toen de procedure officieel van start ging.

De veilingmeester vervolgde: "Eerst beginnen we met Erika, deze adembenemende schoonheid die naast me staat. Officieel is ze een werkende professional, zeer gerespecteerd in haar vakgebied. Onofficieel, waar jullie allemaal bij zijn, zal ze worden gebruikt als iemands neukspeeltje."

Erika kon haar opwinding en de onwillekeurige spasme van haar poesje niet bedwingen.

"Ik weet dat velen hier een fetisj hebben voor werkende vrouwen. Geloof me als ik je zeg dat Erika hersens heeft die overeenkomen met haar ongelooflijke lichaamsbouw. Wie van jullie zou haar willen bezitten? Wie wil deze hoogopgeleide vrouw onderwerpen aan jouw seksuele grillen?"

Ook al kon Erika niet kijken, ze hoorde goedkeurend gemompel. De Veilingmeester merkte echter de knikjes, het likken van de lippen en de scherpere blikken op. Lust hing in de lucht en Erika was op ieders eetlust.

"Eerst beginnen we met een showcase van haar benen."

De veilingmeester verliet het podium met een leren peddel in de hand toen ze Erika naderde . Daarna wreef ze met het puntje van de peddel langs Erika's zwarte kousen. Erika deed haar best om stil te blijven, ondanks haar eigen opwinding.

'Deze benen zijn lang en onberispelijk,' zei de veilingmeester. "Zonder hakken staat ze op 5'8". Ze is een hardloper en heeft nogal wat marathons gelopen voor het goede doel. Bedenk eens hoe goed het zou voelen om je vingers, lippen, kutjes of lullen over deze benen te laten glijden."

Erika werd natter toen de peddel omhoog ging en tegen haar kont werd geslagen.

"Ik weet dat velen van jullie het leuk vinden om een rijpe kont een pak slaag te geven. Erika's kont is perfect rond en weelderig; haar tere huid kan lange peddelsessies aan. Sta me toe om te demonstreren . "

De peddel werd plat tegen Erika's linkerbil gedrukt en vervolgens door de veilingmeester teruggetrokken. Er klonk een donderende klap toen er weer contact werd gemaakt tussen de peddel en haar kont. Het galmde luid door de kamer en deed Erika ineenkrimpen, ondanks haar uiterste best om stil te blijven.

Er werd nog een slag toegebracht. Dan een andere. En een ander. Elke slag was harder dan de vorige. Beide wangen kregen in gelijke mate het brandende gevoel dat hoort bij slaan.

Toen het pak slaag voorbij was, was de blanke huid rood geworden en had het warmte uitgestraald.

"Dames en heren, dat is maar een teaser", glimlachte de veilingmeester achter haar eigen masker. "Nu voor haar anus."

Kontneuken was iets waar Erika pas aan gewend was geraakt sinds ze zich bij deze geheime BDSM-groep had aangesloten . Hoewel ze lang was en sterk gebouwd leek, was haar anus delicaat en klein. Alleen de aanwezige experts konden grote pikken in haar verboden gat passen. Het vereiste controle en geduld.

Zachte, vrouwelijke handen raakten Erika's billen en duwden haar wangen uit elkaar, waardoor haar kleine bruine gaatje zichtbaar werd voor de groep. Ze voelde zich volkomen bloot en kwetsbaar terwijl de lucht langs haar anus stroomde. Vreemd genoeg voelde ze ook de hongerige ogen van de kamer ernaar staren, in al zijn pracht.

"Zoals jullie allemaal kunnen zien, is haar gaatje er nauwelijks, klein en smekend om uitgerekt te worden. Iemands gelukslul zou daar vandaag nirvana in kunnen vinden."

Voor het gewaagde deel van de presentatie legde de veilingmeester de peddel neer en hield Erika bij de heupen vast, waarbij ze haar omdraaide zodat ze het kleine publiek kon aankijken.

Erika zag de menigte door haar masker heen. Het was de typische groep; een gelijkmatige verdeling van mannen en vrouwen. Allen waren scherp gekleed op een terloops elegante manier. Hun gezichten hadden dezelfde blik van verlangen als ze elk op een speciale manier hoopten te krijgen. De aanblik van Erika's borsten en poesje leek de aanwezigen te betoveren toen het in zicht kwam.

Erika's tepels werden keihard.

De Veilingmeester pakte de peddel weer op en drukte hem stevig tegen Erika's schaamlippen, die overigens ook druk op de clitoris veroorzaakten.

"Ik kan eerlijk zeggen dat ik het genoegen heb gehad om te proeven wat er tussen deze benen zit. Dames en heren , of je nu haar kutje wilt neuken of het wilt opeten, je staat een echte traktatie te wachten."

Erika voelde de peddel naar haar ronde borsten bewegen en haar lichtbruine tepels omcirkelen. De peddel sloeg zachtjes tegen de onderkant van elke tiet, waardoor haar borsten schudden voor de aanbiddende menigte.

"En kijk eens naar deze tieten," zei de veilingmeester opgetogen. 'Kan iemand van jullie geloven dat ze echt zijn? En ze zijn heel echt, dat kan ik je verzekeren.'

Erika kreunde toen de veilingmeester zich bukte om ruw in haar linker tiet te knijpen en zachtjes op de tepel beet. De veilingmeester gaf een snelle zuigbeurt aan de tepel voordat hij hem losliet.

Ten slotte bewoog de peddel naar Erika's lippen.

"Last, but not least, haar mond. Perfect om te zoenen. Perfect om te zuigen. Perfect om schoon te maken. Had ik al gezegd dat ze dol is op sperma eten? Zowel mannen als vrouwen ."

Er kwamen nog meer goedkeurende knikken uit het publiek.

"Tot slot, dit is een pijnslet," somde de veilingmeester op. "Ze heeft een hoge tolerantie en hunkert naar je best."

Erika nam onmiddellijk nota van de reactie van het publiek, die varieerde van naar adem happen tot grijnzen.

De veilingmeester stond weer achter het podium en deed biedingen. Degene die de meest kinky seksuele handelingen voorstelt, gedaan op de meest provocerende (maar redelijke) manier, zou het bod winnen. De aanbiedingen kwamen binnen, de een nog aantrekkelijker dan de ander.

Eindelijk hoorde Erika de magische woorden die ervoor zorgden dat haar hele lichaam in de aandacht kwam. Haar tepels spanden zich en haar kut begon gretig te trillen.

"Verkocht!" zei de veilingmeester hardop terwijl hij met de voorzittershamer op het podium sloeg. "We hebben een gelijkspel. Aan gasten #3 en #7. Je mag nu je prijs ophalen om onder jullie beiden te verdelen."

De winnaars hadden vooraf hun intenties duidelijk gemaakt:

Man #3 droeg geen masker. Erika herkende hem van de society-rubriek van de krant. Deze bekende filantroop had gezworen Erika's kont te temmen met een flinke pak slaag. Precisie was beloofd; een leren zweep was zijn favoriete gereedschap. Dan zou hij haar kontgat bezitten met zijn enorme pik. Er werd gerustgesteld dat hij een expert was in kontneuken en het temmen van pittige vrouwen.

Vrouw # 7 had een rijke, donkere huid. Het zou Erika's eerste ervaring met een zwarte vrouw zijn. Haar volle, weelderige lippen zagen eruit alsof ze genoten van het geven en ontvangen van erotisch entertainment. Ze was ook zonder masker. Ze was een welbekende expert in borstspelen en kende alle tips en trucs van tepelmarteling. Door precies de juiste combinatie van knijpen en draaien toe te passen, kon ze prikkels toedienen die lieflijk leed veroorzaakten, zonder blijvende schade aan te richten. En als lesbienne wist ze hoe ze het beste een goed poesje kon eten.

Erika had nog nooit eerder seksueel genot gedeeld met een zwarte vrouw en het idee wond haar enorm op.

Deze twee Dominanten zijn door de veilingmeester geselecteerd vanwege hun samenwerkingspotentieel. Hoewel Erika vastzat in deze precaire positie, zouden beiden tegelijkertijd voor de onderzeeër zorgen; één voor en één van achteren. Het zou het kleine publiek een onvergetelijke show bezorgen.

Erika's hele lichaam beefde toen de winnaars naar voren kwamen. Ze was eerder voor een kleine groep gebruikt; het exhibitionisme verhoogde haar uiteindelijke vrijlating alleen maar. Dit was de eerste keer dat ze door twee mensen zou worden gebruikt, die samen aan verschillende kanten van haar lichaam zouden werken. Het was haar vuile droom die uitkwam.

De zwarte vrouw was de eerste die contact maakte en wreef met haar donkere vingertoppen over Erika's melkwitte huid. Erika keek naar beneden en werd opgewonden door het kleurcontrast, vooral toen de vingers over elke lichtbruine tepel wreven.

"Je voelt je gespannen," zei vrouw #7. "De eerste keer met een zwarte vrouw? Ik vind het leuk om de eerste te zijn. Het is een eer om je eerste zwarte Domme te zijn . Maak je geen zorgen schat, je zult ervan genieten."

Erika antwoordde niet. Dat deed ze nooit. Het verbergen van haar stem maakte deel uit van anoniem blijven. Ze keek eenvoudig door haar masker naar deze machtige vrouw, in de hoop dat ze niet herkend zou worden.

Hun ogen keken elkaar intens aan en even vroeg Erika zich af of deze dominante zwarte vrouw haar ergens van had herkend. Een openbare advertentie voor haar juridische diensten misschien?

Toen man #3 een leren zweep oppakte, richtte Erika haar aandacht op hem. Hij maakte oefenbewegingen die gechoreografeerd leken. Ze was er vrij zeker van dat hij de expert was die hij beweerde te zijn. De blik van boosaardige verrukking op zijn gezicht deed Erika geloven dat de geseling pijn zou doen. Met haar handen boven haar hoofd gebonden, was Erika's lichaam volkomen kwetsbaar.

"Ik heb mijn ogen op je gericht", zei man #3. "Sinds ik je weken geleden voor het eerst zag, heb ik je op de smerigste manieren willen gebruiken. Laten we eens kijken of je reet het wachten waard was. Eerst draai ik je opzij zodat iedereen kan zien hoe ik plunder en plunder. je lieve kleine klootzak."

Erika liet zich draaien, zodat de drie deelnemers op een rij kwamen te staan. Terwijl Erika's ogen gericht waren op de mooie vrouw voor haar, voelde ze zachte klappen van de zweep tegen haar kont. Toen de klappen krachtiger werden, glimlachte de vrouw voor haar van verrukking om de duivelse discipline.

Al snel knalde de geseling hard tegen haar kont, waardoor Erika's lichaam verstijfde en schokte van de brandende gelukzaligheid die in zijn kielzog was achtergebleven. Erika kreunde en gromde staccato, die ze probeerde te onderdrukken.

Vrouw #7 stak twee van haar donkere vingers in de uitsparingen van Erika's mond, alsof ze haar kokhalsreflex testte. 'Heb je veel pijn? Hou je van dat soort pijn, onderzeeër?'

Erika knikte alleen maar terwijl haar billen nog steeds gegeseld werden.

"Braaf meid. Ik heb precies wat je zoekt voor die heerlijke tepels van je. Zodra hij je in je kont neemt."

De menigte staarde eerbiedig toe terwijl de man Erika's reet bleef geselen en de zwarte vrouw naar voren leunde om haar mond te kussen.

De volle, dikke lippen waren een traktatie voor Erika. Het was alles wat een goede kus hoort te zijn, vooral als hun tongen tegen elkaar dansten. De geseling kraakte pijnlijk in Erika's kont en ze kreunde wanhopig in de mond van de zwarte vrouw. Toen Erika angstig haar ogen opendeed, zag ze de vrouw terugkijken om haar reactie te beoordelen.

Erika was er zeker van dat de vrouw ervan genoot om iemand te kussen die kreunde van de pijn na een zware geseling. De vrouw leek steeds meer opgewonden te raken door de gekwelde vocalisaties van Erika. Achter haar hoorde ze de man tevreden mompelen terwijl hij haar kont rood bleef maken. Ze was er zeker van dat hij al een enorme stijve had.

Tussen de twee seksueel geladen wezens voelde Erika zich een kanaal voor afwijkende erotische energie. Het effect op haar was enorm. Naast de overweldigende verrukking die ze oogstte van de pijn, voelde ze zich buitengewoon onderdanig omdat ze wist dat de twee Dominanten er klaar voor waren.

De geseling stopte, wat maar één ding kon betekenen. Hoewel haar lippen nog steeds verstrengeld waren in een wellustige kus, hoorde ze het geluid van een fles die openging en glijmiddel dat werd geperst. De man gaf haar met zijn blote hand een harde klap op haar kont, waardoor Erika's hele lichaam ineenkrimpde. Hij markeerde agressief zijn territorium voordat het neuken begon.

Toen voelde Erika het vertrouwde gevoel dat haar wangen uit elkaar werden getrokken, waardoor haar kont bloot kwam te liggen. Onmiddellijk werd de sensatie van een harde, met glijmiddel bedekte lul gevoeld door haar bruine plooi terwijl deze in de rij stond voor penetratie.

"Ik geniet ervan om op deze manier een vrouw in de kont te neuken," zei man #3, terwijl hij Erika's ribben streelde, beginnend bij haar middel en omhoog bewegend naar haar ingehouden armen. "Het is alsof je een mooi, neukbaar stuk vlees bent. Ik ga het lekker ruig doen, precies zoals jij het lekker vindt."

Zijn krachtige, geruststellende stem maakte Erika nog opgewondener toen hij naar beneden reikte en de eikel van zijn geoliede pik in haar kleine, goedgetrainde kontje duwde. Erika probeerde zich los te maken van de kus, maar de vrouw greep de zijkanten van haar hoofd vast en liet haar greep niet los.

Terwijl de lul vakkundig in de kleine opening van haar kont werd gebracht, ademde Erika zwaar door haar neus. Haar ogen werden groot terwijl ze wachtte op de schroeiende pijn die ze verwachtte. Het kwam snel genoeg en Erika krijste als antwoord.

Erika zat klem tussen de greep die hij op haar heupen had en de klauwen van de zwarte vrouw wiens tong haar mond bleef doorboren; ze had geen andere keus dan het voorschot in haar reet te nemen zonder te bewegen voor troost. Er was geen pauze. De man was goed thuis in hoeken en breekpunten. Hij reed naar binnen tot zijn ballen tegen haar kont rustten. De wreedheid van zijn aanval was een zoete marteling. Er was geen twijfel dat haar kont zojuist eigendom was geweest.

Erika's ogen werden groot toen ze diep ademhaalde. In plaats van te kreunen, hapte ze naar adem alsof ze honger had. De zwarte vrouw leek opgetogen over deze anale aanval.

"Mijn beurt," zei vrouw #7. "Schatje, witte borsten zoals die van jou zijn mijn favoriet. Ze zien er zo melkachtig en romig uit tegen mijn handen. Ze smeken erom gekwetst te worden, en dat is mijn specialiteit."

Erika keek naar beneden en stemde toe; De ebbenhouten vingers van vrouw #7 zorgden voor een behoorlijk contrast met haar eigen leliewitte borsten. In het begin was de aanraking zacht en liefdevol. Toen voerde de zwarte vrouw haar beroemde tepelmarteling- routine uit en stak haar tong terug om Erika's slappe mond te vullen.

Die chocoladevingers kneep in de onderkant van Erika's vanilleborsten en kneedde ze vervolgens als rauw deeg. Het deed pijn, maar was niets vergeleken met de pijn van haar kleine kontje dat zo venijnig door de man werd geneukt. Toen kneep de donkere vingers in elk van Erika's bruine tepels. Dit was meer vergelijkbaar met de scherpe pijn in haar kont. Twee van haar plezierplekjes werden nu verkracht. Ze was dankbaar dat niemand tegelijkertijd haar kutje aan het martelen was.

De vrouw begon de gevoelige knobbeltjes zo hard te draaien dat Erika's gezicht vertrok van exquise ellende. Even was ze bijna vergeten dat haar kontgat werd verkracht. Bijna... Het geluid van de dijen van de man die tegen haar kont sloegen, richtte haar aandacht weer op haar achterwerk. Erika bereikte wat zij dacht dat haar pijngrens was. Ze verbrak de hartstochtelijke kus, wierp haar hoofd achterover en huilde.

"Ik weet dat het pijn doet," fluisterde de zwarte vrouw terwijl ze nog wat kneep. "Maar het gaat zo, zo goed voelen."

Voor het leven van haar, kon Erika niet begrijpen hoe de pijn in haar tepels ooit goed kon voelen. Maar toen haar tepels loskwamen, bukte de zwarte vrouw zich en zoog liefdevol op elk van Erika 's tieten, waardoor een wellustig gevoel over haar ruggengraat ging. Dat plezier, gecombineerd met de vreugdevolle aanval op haar sodomized kont, dreef Erika tot aan de rand van haar seksuele gezond verstand. De tong van de zwarte vrouw was net zo rustgevend als die volle lippen, en ze werkten samen om de pijn in de tepels te verlichten.

Maar het plezier in haar borsten duurde niet lang toen de zwarte vrouw op wrede wijze haar mond verwijderde. Nogmaals, ze draaide die met speeksel bedekte tepels, Erika verder kwellend terwijl haar kont goed werd geploegd.

"Ik zal het niet zo leuk voor je maken," glimlachte vrouw #7. "Ik wil dat je evenwicht hebt. Een kinky yin en yang. Hij krijgt de achterkant en ik de voorkant. Je hoeft daar alleen maar te staan en het als een goede invaller te nemen."

#3 merkte dat op, legde zijn handen op Erika's schouders voor grip, en ging echt op haar kont naar de stad. Ze klemde haar tanden op elkaar en maakte piepende geluiden, die haar voor het aanbiddende publiek grondig in verlegenheid brachten.

De gigantische lul die in en uit haar kleine gaatje werd geschoven, maakte haar zo wankel dat ze nauwelijks kon staan. Terwijl Erika's knieën verzwakten, begon ze in te zakken, waardoor haar gebonden polsen zwaarder werden. Het uitrekken en trekken aan haar schouders werd nauwelijks geregistreerd door haar hersenen, die worstelden om extreme gewaarwordingen op de tegenovergestelde vlakken van haar lichaam het hoofd te bieden.

"Ze breekt," zei vrouw #7 terwijl ze haar lippen likte terwijl ze Erika's tepels bleef vervolgen. 'Het wordt tijd dat we haar afmaken.'

Man #3 bleef meedogenloos in Erika's kontgat, grommend: "Ik wil dat ze klaarkomt als ik klaarkom."

De instructie aan de mede Dominant was duidelijk. De zwarte vrouw liet de tedere tepels los, gaf er een snelle zuigbeurt voor opluchting en viel toen op haar knieën voor Erika's gespreide poesje.

Terwijl haar kontje werd verkracht door de grote lul en haar poesje werd gelikt door een godin, werd Erika overvallen door tegenstrijdige sensaties. De non-stop blitz op haar kont werd gecompenseerd door het tedere zuigen op haar clit. Af en toe gebruikte de zwarte vrouw haar tanden om zachtjes in Erika's gezwollen clitoris te bijten, waardoor ze het uitschreeuwde van vuur. Maar de zwarte vrouw maakte het goed door er daarna langzaam en liefdevol tegenaan te kabbelen. Als gevolg hiervan werd Erika herhaaldelijk naar de rand van een orgasme geduwd, maar haar vrijlating werd geweigerd. Ze voelde zich als een vulkaan die op uitbarsten stond.

Met de zwarte vrouw op haar knieën, kon Erika de intensiteit waarmee het publiek naar het drietal staarde ten volle waarderen. Elke gast op dit BDSM-evenement leek volledig in de ban van de aanblik van Erika die op de rand van een seksuele explosie werd gedreven. Ze werd bezeten en was duidelijk opgewonden door haar seksuele slavernij. Achter dit masker was haar identiteit veilig. Ze stond zichzelf toe los te laten en zich te verdiepen in de meest afwijkende genoegens.

Ze brak haar eigen regel van stilte en jammerde uiteindelijk de woorden "Oh God", terwijl haar kont woest werd geneukt en haar poesje vakkundig werd gebeft.

Haar woorden voegden alleen maar brandstof toe aan het vuur, waardoor man # 3 haar schouders zo strak op elkaar klemde dat er zeker blauwe plekken over zouden blijven. Hoe moeilijk het ook was om te geloven, Erika besefte dat hij zich had ingehouden. Zijn stoten werd hectisch en ze was er zeker van dat hij zijn zaad snel in haar kont zou legen.

'Ik heb een mooie grote lading voor je,' gromde de man.

Trouw aan zijn woord bleef hij in haar oor grommen, maar bedwong zijn aanval. Erika voelde hoe haar binnenste endeldarm werd bedekt met verschillende grote spurts sperma. Binnen enkele ogenblikken werd de lul slap en werd uit haar kontgat teruggetrokken. Erika's kont gaapte nu hij ineens leeg was. Onmiddellijk verlangde ze naar de terugkeer van zijn harde pik naar haar meest intieme passage.

"Mis je me al?" hij fluisterde. "Je bent een geweldige klootzak met een strakke kont. De verwachting zeker waard."

Hij klopte op haar billen en Erika voelde sperma uit haar kontje druppelen. Ze was verrast toen ze zijn vingers langs haar losse gaatje voelde vegen en in de romige afscheiding doopte. Toen de met sperma bedekte vingers in haar mond werden gestoken, schrok ze nog meer. Na een korte aarzeling zoog Erika zijn vingers schoon. Ze genoot van de verdorvenheid van het moment voordat ze uit haar verdoving werd geduwd door de tong van de zwarte vrouw op haar poesje.

Erika keek neer in die woeste bruine ogen. De gepassioneerde zwarte vrouw likte en zoog diep op Erika's clit. Man #3 stond achter Erika en streelde haar onderrug en kont, in de hoop Erika in de mond van de vrouw te zien klaarkomen.

'Dat is het,' zei de man tegen Erika. "Schaam je niet om in haar mond klaar te komen. Zc houdt ervan om blanke vrouwen te drinken. Je hebt deze climax verdiend, slet."

Erika's hart bonsde en ze fluisterde tegen zichzelf: 'Oh fuck'.

Terwijl de zwarte vrouw met haar tong over Erika's clit wreef, kwam het orgasme eindelijk in epische mate. De kracht die in haar lichaam was losgelaten, deed de lucht in haar longen barsten. Dit orgasme had niet alleen invloed op de spieren in haar bekkenbodem; haar hele lichaam verkrampte en kromp ineen door de explosie. Ze was nauwelijks in staat zichzelf te ondersteunen op haar nu rubberachtige benen. Haar hele lichaamsgewicht hing aan haar polsen, strak boven haar hoofd gebonden. Bijgevolg werden haar schouders op een extreme manier getrokken die onder normale omstandigheden pijnlijk zou kunnen zijn.

Het kon haar niet schelen. Het ongemak in haar armen was tijdelijk. Dit orgasme zou ze zich voor altijd herinneren.

Erika spoot in de mond van de zwarte vrouw. Het was een hoogtepunt van alle heerlijke pijn die ze had ervaren in haar tepels en haar kontgat. Ze was echt een pijnslet. Het was waar; iedereen in de zaal kon dat nu beamen.

Daarna bleef ze slap achter. Terwijl ze probeerde haar ademhaling weer onder controle te krijgen, probeerde ze op eigen benen te staan. De zwarte vrouw glimlachte, wetende dat de klus geklaard was. De man hielp haar in evenwicht te houden totdat ze zichzelf kon onderhouden.

'Precies zoals geadverteerd,' zei de veilingmeester tegen het publiek toen Erika uitgeput was. "Precies zoals geadverteerd. Goed gedaan."

Het publiek applaudisseerde terwijl Erika worstelde om op adem te komen. De twee Dominanten gaven haar zachte klopjes op de schouder en billen. Ze fluisterden haar dingen toe die ze niet kon verwerken. De nasleep voelde als een waas.

Twee jonge vrouwelijke stafmedewerkers naderden. Ze droegen sexy gladde maskers en waren schaars gekleed in zwarte kanten jurken. Erika werd uit haar positie bevrijd toen ze het touw boven haar hoofd losmaakten. Daarna werden haar polsen losgemaakt.

Zaad droop langs Erika's kontgat en haar eigen vocht droop uit haar poesje. Erika hield haar hoofd omhoog terwijl de staf haar zachtjes bij elke arm pakte en haar door de gang leidde. Het publiek applaudisseerde enthousiast terwijl ze de walk of fame deed. Iedereen vond die dag wat ze wilden. Erika was er echter zeker van dat haar eigen voldoening de grootste van allemaal was.

Erika werd naar een privéslaapkamer gebracht waar het personeel een stapel natte handdoeken gebruikte om elke centimeter van haar lichaam te schrobben en schoon te maken. Een van de vrouwen gebruikte zelfs een spuitfles om de binnenkant van haar kontje schoon te maken. Het hele proces duurde enkele minuten.

De stafleden verwijderden voorzichtig haar masker. Hetzelfde proces werd herhaald met haar gezicht. Overtollige lippenstift werd weggeveegd en haar haar was vastgebonden in een professionele knot. Haar pak werd uit de kast gehaald terwijl ze daar naakt stond.

De veilingmeester ging de slaapkamer binnen en verwijderde het gouden masker. Haar uitdrukking was nieuwsgierig.

"Hoe voel je je?" vroeg Lea.

"Mijn reet zal de komende dagen pijn doen," antwoordde Erika droogjes. "En mijn tepels voelen alsof ze geëlektrocuteerd zijn."

"En?"

haar aankleedde ; haar beha en slipje aantrekken, kousen en dan haar maatpak, waardoor ze weer een professionele vrouw werd.

Erika glimlachte, "Ik heb me nog nooit zo levend gevoeld. Zo voel ik me, als je echt de waarheid wilt."

'Dat dacht ik al,' knipoogde Lea. "Zijn we nog aan het eten?"

"Zeker weten."

Toen Erika haar pak aanpaste, blies Lea een kus uit en zette ze het gouden masker weer op. Ze keerde terug naar haar taken op de veiling. Ondertussen bedankte Erika de stafleden, trok haar hoge hakken aan en vertrok naar kantoor.

EINDE